日々の考え

よしもとばなな

幻冬舎文庫

日々の考え

本文イラスト　師岡とおる

目次

初夏の某月某日（観察記録）

　亀のチンポを見たことがある人は何人くらいいるだろうか。私は、最近まで、亀のチンポはきっと亀の頭のようなものだろう、とたかをくくって（？）いた。三十五歳になっても新しい発見というのはあるのだなあ。

　うちにいるリクガメはうちに来て二年になるが、つい最近までオスかメスかもわからなかった。そのくらいの年令だと、まだ亀は赤ちゃんで、獣医さんですら「たぶんオスかな？」くらいにしかわからないそうだ。うちに来た段階でたぶん生後二年は経っていたと思われるので、四歳で性別未だわからずとは、さすが長生きするだけのことはあってのんびりしているなあ……と思っていたら、ある朝、亀を洗っていた（比喩にあらず）ボーイフレンドが、「うわあ！」と叫んで亀をとりおとしそうになっていた。「どうしたの？」と近づいていったら、特になにごともない気持ちよさそうな感じで亀はボーイフレンドに抱えられ、目を細めてお湯の流れにひたっている。

ちなみに亀は今、五キロ。もう私ひとりでは片手で持てない。ので、ボーイフレンドと別れることはできない、亀はかすがい。これを書いている今も、亀が廊下の向こうからこの部屋に向かってすたすたと歩いて来ている。すごくシュールな光景です。亀の爪音が響いているし、しかも歩くスピードがすごく速い。そうかと思うと、突然ドアのところでぐにゃーとすわりこんで、休憩している。あくびをしたりもしている。頭のおかしい人の日記のようだが、本当なので仕方がない。

さて、「なんにも出てないじゃない！」と言ってその場を離れ、洗濯などしていると、またもやボーイフレンドが「ぎゃあ」と言った。走って見に行くが、何も変わりはない。コメディ映画によくある場面のようだった。「あれは、チンポとはとても思えないが、チンポだとしか思えない。俺よりも大きかったかも知れない。」と彼はぼうぜんとつぶやいていた。亀はまた、すっかりそれをしまってくつろいでいる。なんだろう？　女親には性の目覚めを見られたくないのだろうか？　などと笑ってその場は終わった。

私がはじめてそれを見たのは、一週間後のことだった。大きいというか、ただただ変わった形のそれはグレーで、長ーくて、まるで内臓が出てしまっているみたいだった。性衝動というよりは、おしっこをする時と、風呂に入って気持ちいい時、ぽわーんと出してしまうらしい。しかもなんとなくデリケートそうな、ぬるぬるしたその粘膜部分を、彼はなかなかしまおうとしない。私は「もういいや。」と思ってだらりとチンポを出したままの亀を床にさっさと置いてしまうが、さすが男同士、ボーイフレンドのほうはチンポが床にこすれるのがこわくて床に置けなかったらしく、私がある日旅行先から電話をしたら、「亀がチンポをしまってくれないから、さっきから十分くらいずっと抱いているんだ……」と困っていた。十分といっても、五キロだから、すごいなあと思った。男の心は男にしかわからないものなのでしょうか。「置いても平気だよ、私はいつも置いている。」と言って冷たく電話を切った。

この間も風呂に入れてからタオルで拭いていたら、突然にゅーっとチンポを出して、じゃーじゃーおしっこをしはじめた。そのへんじゅうがおしっこだらけになったのであわてて拭いていた。亀は、おかまいなしにチンポを出したまま、すたすたと自分の部屋に帰っていく。よく見たら、チンポの先の丸いところが、亀が歩くごとにぺたり、ぺたりと床にさわって、その形がスタンプのように床に点々と押されていた。なんだか、いやだ、この生活、と思いながら、チン跡を拭いて歩いた。

八月暑い日曜日の夜、変な夜

近所で人が殺されたという。びっくりした。若い女の人の死体が新築の工事現場で発見されたそうだ。犯人はつかまっていない。いやだなあ、と思いながら新聞を読んでいたら、まさにその現場を殺人の数日前に通っていたことに気づく。これは、こじつけだろうと思われても仕方がないし、私自身こじつけかもと思うくらいだが、たまにこういうことがある。どういうことかというと、そこを通っている間、とても変な感じがしたのをよく覚えているからだ。その夕方は肩がパンパンだったのでマッサージに行った。それで、ものすごい距離をぶらぶらと歩いて帰っていたら、仕事が終わったよ、とボーイフレンドから電話があった。今バイクで近くにいると言う。「車で迎えにきてくれないあなたなんて、日本酒のないおでんのようなものじゃよ。」と悪態をつきながらおちあった。話しているうちに突然さしみを食べたいと思い、裏道を抜けて魚料理のある飲み屋に行くことにした。まだ明るくて、夕方特有のいい感じの風が吹いていた。なのに心がどんどん沈んでいくのである。視界はちょうど、膜がかかったように暗く、はっきりとものが見えず、頭の中もなにも考えられない。そしてなんだか寂しい気持ちになってきた。言いしれない寂しさだった。表通りに出たら、その感じはなくなった。

昔、姉と、伊豆にいて「なんで今日はこんなに寂しいんだろう?」「なんでこんなにいやな感じがするんだろう?」とお互いに言い出して、海の見える喫茶店で考え込んでしまったことがあった。その時と同じような感じだった。理由もなく、ものがなしく寂しくなった。視界がうすぼんやりと暗くなった。宿に帰ったら、母も同じ症状を表していた。ちょうどその頃、あの日航機は、駿河湾上空を飛んでいたのだった。夜、墜落のニュースが入り、みんな妙に納得した。おおぜいの人が、こわい、苦しい、と思っていたら、何かが伝わってくるということはあるのかもしれない。

殺人のあった数日前に、サイキックでそれをなりわいにしている一人暮らしの友達が、何回も電話をかけてきた。「今、近所に買い物に行ったんだけど、ほんの少しの道のりなのに、なんだかこわくてこわくて、何回も夜道をふりかえってしまったわ。そういうことって私には珍しいのよ。このこわい気分をふり払いたくて、電話したんだけど。」と言っていた。それも関係あるのかもしれない。そんなことを話していたら、また別の近所の友人から電話があり、近所の道を自転車で走っていたら、突然前輪をけとばされて、転倒してけがをしたという。しかも、その若い男はそのへんを歩いている女の子たちや、止まっている自転車やバイクをけりながら、どなりちらして歩いていったそうだ。

私は思った、充分こわいやんけ！　このへん。

この間サンパウロに行って、このへんはこわいですよー、という話をさんざん聞いたけれど、こわさの種類は違えど、東京だって都会のこわさ満載だ。

よく道で会う、顔が曲がっている男の子がいる。足取りはいつもふらふらしていて、たまに何かしゃべっている。それから、異常に口笛がうまく、いつも町をふらふら歩いていて、やたらに話しかけてくるおじさんもいる。本来、その人たちから発するものをこわい、とか、異様だ、と思ってもおかしくはないのに、その人たちは最近、とてもかわいいものに見える。

この間、中華料理屋のカウンターの隣に、ひとりで食べている男の人がいた。お皿をとってあげたら、どうもとか言ったり、席がせまいからとつめてくれたり、とても普通の人だった。なのに、食べている時、ずっと、しつように手や雑誌で口元を隠している。その隠しようといったら、すごいもので、真剣味があった。

また、仕事の依頼などでも、ずっと普通に話しているのに、一点だけものすごく変な人、というのが増えている。例えば、明らかにその人のミスで入稿が遅れたり、連絡が食い違ったりしていても、絶対にそれを認めない。なかったことかのようにふるまい続ける。その認めない様子には、何か人をぞっとさせるものがあったりする。

そういうほうが奇妙だし、近年の、そういう人の多さも奇妙だ。

昔、『ゾンビ』という映画があった。私の人生の師であるダリオ・アルジェントが映像と音楽でみっちりとからんでいるロメロの作品で、その中に出てくる近未来には、妙な説得力があった。今、私たちを取り巻いている都会のこの感じは、まさにあの映画に漂っている無力感に似ている。世紀末ってことか、ここまで来てしまったのか、と思ったりした。今、宇宙から人の精神をじっくりと破壊する光線が降ってきていると言われたら、なるほど、と思ってしまうほどだ。ただし、アセンションというのは、大嫌いで、かなり好きな人たちまで、そんなこと言い出していて、しょんぼりしちゃう。たとえ本当のことであっても、きっと私はその考え方が嫌いだろうな。なんでだか、わからない。きっと地に足がついてない感じがするからだろう。このあいだも『アヤワスカ』という、藤本みどりさんという人の本を読んだ。この方はかなりたくましい旅行家でどんなところにでも迷いなく旅立っていく。この本を遺して亡くなっていて、かなり文章のうまいいい本だったが、アセンションという考え方が出てきただけで、もう私はつらくなってしまった。進化といわれても、地に足がついていない進化なんて、興味がない。まだ足の生えていない魚くんみたいなものを地面にあげて、びちびちはねているのに「歩け！」と言っているようなイメージがある。人間はその人の本望にそって日常を営むように作られていると思う。それ以外のことはすべて逃避にしか思えない。と言ってもその人が悪性リンパ腫での死に際して、常にあらゆるものに半信半疑の姿勢で望んでいるのは、立派だった。全編に漂う不吉さは、文章を書く上でかなり勉強になった。旅に出ても、結局人は自分の内面だけを見て帰ってくるのだなあ。

ちなみに、私のお友達のナタデヒロココさんは、高校の時に、日航機の事故に大ショックを受けて、「きっと私は遺書を書いている余裕なく、遺書を書くことなんて忘れて死んでしまうだろう」と思い、人生はじめての飛行機に乗る前に遺書を書いて、手帳に入れて準備万端で飛行機に乗ったそうだ。そして、さすがに遺書を忘れそうというだけのことはあって、無事旅行から帰ってくると、遺書を手帳から出すのを忘れ、しかもその手帳を落っことした。ある午後、彼女の母は警察から電話を受け、「おたくのお嬢さんは、最近何か思いつめてらっしゃいませんか？」といきなり聞かれたそうだ。「なんでですか？　何かあったのですか？」あせる母。「いや、手帳を落とされたようで拾った人が届けてくださったのですが、その中に『先立つ不幸をお許し下さい……』から始まる遺書があったのです。」おまわりさん真剣そのもの……くだらないなあ。でもこういうことがいちばんいい。げらげら笑えることが日々あって、深刻味が少ないのがいちばんなような気がする。

八月頭の火曜日、空いている映画館

さほどのキューブリック好きでもないのに、『アイズ・ワイド・シャット』を観たらいたく感動した。遺作があんなだなんて、すばらしい。あれは、性の映画ではなくって、もっと普遍的な人間生活の不条理を愛情こめて描いたものだと思った。人がなにによって動かされるか、意識と無意識、性欲と愛情、そして財と人生について。そして夫にとっていつも妻とはああいうものだなあ、というその普遍性にも全く理想を入れず、さらに彼にしては珍しく皮肉も入れず、なおかつ希望を感じさせる描き方で描いているのに、感動した。最終的にはつまり深い意味での人間愛の人だ。いちばん頭に残るのが、トム・クルーズがなにかとさいふを出して札を見せるところだが、そこまで描いていてなおかつ、彼に対する愛情を監督はそのまなざしににじませている。ほとんど神の視点であろう。彼の映画には、いつもそれがあった。あの力強いまなざしに触れるだけで、なぜか希望のようなものがわいてくる。後からいろいろと疲れたところや思想的なあらを捜してみたが、何もない……。偉大。合掌。トイレで子供達が「面白くなかったー、長いし」「全然Hじゃないー」「なに言いたいか全然わかんない」とぶうぶう言っている時、その子らが映画を必要としてないことをばかにするでもなく、私はひとり「受け取れる力があってよかった、映画を必要とする人生でよかった……」などと思っていた。

夏のある日の思い出（テレパシー！）

伊豆の温泉に子供の頃から三十年近く家族と行っている。何の変哲もない温泉街だけれど、交通が不便なのでそんなに混まないというのと宿が気楽なのとで、すっかり第二のふるさとになっている。長年通ううちに、最近は家族だけでなく家族それぞれの友達なども来るようになった。

昼間は海に行って、泳いで泳いで泳ぎまくる。それで温泉に入って、夜の早い時間に宿のごはんを食べて、疲れのあまりちょっと仮眠したりすると、もういきなりやることがなくなってしまう。

まあそれが田舎のいいところで、やることがないので海辺を散歩したり、星を見たりして過ごす。そして東京で夜中の二時三時に寝ていた人たちが急に早寝できるわけないので、最後には必ずいきつけの飲み屋に行く。そこはわけありふうの静かな夫婦がやっている小さな店でカラオケもないし、老舗の濃厚なスナックに入りづらかった私たちグループにとって入りやすかったので、すっかり毎晩通うことになった。はじめは幻冬舎の人たちが勇気を出して入ってみて、それがきっかけで知れ渡った。もちろん私の家族の素性も職業も知らせていない。

ちなみに私の母が「ここって、いつからあるの?」とママに聞いたら、ママはにっこり笑って「あの年ですよ、ほら、ここの海で吉本隆明さんが溺れた年!」と答えた。父が溺れた年が地元の人々の記憶の一里塚になっている……。母は恥ずかしくなって、話を切り上げ逃げ出したそうだ。

その店で食べた焼そばがあまりにもおいしかったので、ある夜、いつものよっぱりグループと友達のナタデヒロココを誘って、焼そばを食べに行った。あまりにもおいしくて、晩ごはんを食べた後だったのに三人前もとって食べただろうか、ナタデヒロココがどうしてもチャーハンも食べたい、と言ったので、チャーハンもとった。おいしかった。問題はここからです。チャーハンについてくるスープ、あれを私はひとくち飲んで、何か思った。まだ言葉に出せないまま、となりのヒロココに「おいしいよ」と渡した。ヒロココはひとくち飲んだ。そして、私達は、目と目を合わせて、全く同時に、大声で叫んだ。

「ラーメン!!」

まわりの人は、わけがわからなかっただろう。チャーハンのスープを飲んでいきなり、なぜか同時にラーメンと叫び、その後ふたりはのたうちまわって大爆笑だ。あぜんとしていた。

ちなみにこの言葉の意味は「ラーメンのつゆと同じ味ですね。」なんて単純なものではない。

ほんとうに不思議なことだが、目と目を合わせた時、私達は、お互いの考えていることがほんとうにわかっていたのである。もちろん、後からお互いに言葉でそれを確認したが、確認するまでもなく、わかっていた。

その時の気持ちはこれだった。

「これを飲んだら、ラーメンのつゆの味が想像できるが、ラーメンのつゆはこれとはまた少し違うね。」

お互いに、一言一句違わず、そう同時に思ったのです。しかし、よく、SFに出てくるように、それは言葉ではなく、画像でもなく、ある情報の固まりとして丸ごと伝わってきた。そして、お互いが通じ合っているということが、目ではっきりとわかったの。テレパシー……よしもとばななが小説で書いてるのって、嘘じゃなかったんだ……。こんなことって本当にあるんだ！　と感激した。でも、く、くだらない。

秋のはじめのある朝（癒し……）

ニューエイジ系の知人のなかでもとってもいい男、いつもかぼすやチェリーを送ってくれる男、松茸も……だからというわけではないが、常にかっこよさをアップしつづける男！　その名もパンタ笛吹さんは、いつでも世界中のミステリースポットを探検している。今年もイースター島に行ったり、イギリスでミステリーサークルの謎にせまったり、火吹きの訓練にどこだかに行くだとか、ブラジルの奇跡のお医者さんを取材したり、ペルーでアヤワスカ飲んだり、いつでもたいへんにアクティブで今どこにいるのかわからない。そんなパンタさんから、「もう飲みあきたでしょうが、ルルドの水です。」と言って、びんづめの水が送られてきた。

ルルドは確か、南仏の聖地？　マリアさまが奇跡を起こしたところ？　みんな巡礼に行って、難病が治ったりしているところ？　そんなあいまいな知識しかなくって、ちっとも飲みあきてなんかいなかった私は、ためしにひとくち飲んでみました。お腹こわすかなーとかばちあたりなことを思いつつ。

ちょうど、仕事で沖縄に行くことになっていて、その前に仕事終わらせるのがとても大変で、沖縄に対してなんの感慨もなかった私。疲れと夏バテでうつ気味で、ぶったおれそうだった私。決まった神社にお参りに行くくらいで、ほかには信仰もない私。

しかし、なぜか飲んだとたん目の前の霧が晴れ、あれよあれよと青い空や海が、強い陽射しが、きらきら輝いて見えてきた。それで突然、沖縄に行くのが楽しく思えてきた。この水……さすがだ、と思った私は、その日の夜、用事があって実家に行くことになっていたので、足が悪い父に飲ませてやろうと思った。しかし、オカルトが嫌いな父に正攻法で迫ってはきっと飲まないだろう。お茶に入れ、そっと差し出す……。いや、忘れて飲まないことがよくあるからだめだ……食べ物にしみこませて食べさせる……しかし糖尿病のため食事制限が……などと真剣に考えている自分のような人をどこかで見たことがある。わかった、ＴＶに出てくる殺人犯だ。愛と殺しは近いものだなあ。

などと思い、何の考えも持たぬまま実家に行き、おみやげでもらった聖地の水だよと言ったら、父は案外あっさり飲んだ。問題はオカルトがもっと嫌いで、井戸水なども決して飲まない清潔好きの母であった。母は別に今、特に切実に体をこわしてはいないのだが、もはや本来の美しい目的「家族の体にいいことならなんでも試してみたい……」を忘れていた私は、お茶に混ぜてさあ、さあ飲んで！と言ってむりやり飲ませた。飲ませておいて「何が入ってたのよ！」と不安げに言う母に向かってニヤリ。優しさのかけらもない行動だった。おかげで雰囲気が悪くなった上に、父の足も治っていない。信仰のない奇跡はないのだなあ、と思った（このまとめ、なんかごまかしっぽい）。

すっかり秋の雨の浅草にて、ある夜（邪教！）

ロンドンに住んでいるいとこ（女）が一時帰国していたので、五年ぶりくらいに会った。日本の甘いものに飢えているというので、浅草で甘いものでも食べようということになった。さんざんみつまめとか食べた後で、浅草の名物餃子を食べに行って、幼い頃の楽しい思い出などを語りあった。いとこは、昔から行動的でものすごくすっとばしたキャラの持ち主だ。そして、うちの姉はとても内気なのにむちゃくちゃに大胆なタイプ。私は深窓の繊細なおじょうさま、いとこの妹はかわいくてがんこもの、そのまた弟はこわがりで、優しい男の子だった。そういうことを思い出していた。年が近い親戚の人というのには、いくつになっても何か特別な親しさがある。体の成分もどこか似ているような気がするし、肌で作り上げた関係というようなものもある。大人になってから言葉で知り合った人たちと違う感じ、それでいて彼氏というのとも違う、子供っぽい感覚でお風呂にごちゃごちゃ入ったり、みんなで雑魚寝したりしてつちかわれた、とりつくろわない親しさの感覚が残っている。

私の姉は、下ネタが好き……というよりも彼女のコミュニケーションは下ネタしかない、というのが正確な描写だと思う。しかも小学生の男のガキレベルの下ネタで、『イート・ミー』みたいな品のいい大人の女の下ネタではない。

この間、姉が京都の大学に行っていた時に私にくれた手紙というのが出てきたが、すごかった。私のほうは普通に「お姉ちゃん、お元気ですか？」とかいう手紙を小学校五年生のかわいい脳みそで書いていたはずなのに、その返事は「よう！　マンコ。お前の腐れマンコは元気か？」ですよ。その内容をすっかり忘れて「お姉ちゃんが大学に行って離れていた時には、文通していたっけ。」なんて思っていた自分も悲しい。

つい最近も「二日酔いでさあ……」と物憂く電話したら、「なんか食って酒臭い奈良漬けみたいなウンコ出しゃ治るよ！」と言われた。

たぶん、そんなエピソードがあまりにもたくさんありすぎたからだろう、私はさっぱり覚えていなかったのだが、いとこは姉にめったに会わないので、いろいろはっきりと覚えていた。そしてその夜、私は「病弱だった母に代わって年上の姉に育てられたかわいい妹の私、繊細な魂を傷つけた、複雑な家庭環境や病弱だったことによる様々なトラウマ、あこがれのきれいで行動的ないとことそのきょうだいとの楽しい思い出」などという、インタビューで渋谷陽一さんに語りあげて本にまでしていたような、私の子供時代につく深刻なキャプションがちょっと変わってしまう衝撃の事実を思い出させられたのだった。

いとこ「あたし今でも忘れられない、さわちゃんの作ったあの歌。」

わたし「歌？　なにそれ。なんだっけ。」

いとこ「『雨の御堂筋』のふしでさ、すごいかえ歌。」

わたし「なんだっけ？　全然覚えてない。でも、何となく、かすかに知っているような気がする。あの歌聞くと何かを思い出しそうになるし。全部変えてあったっけ？　歌詞。」

いとこ「ううん、一部かぶってるの、ルルルーってとこだけ。」

わたし「歌ってみてよ！」

いとこ「歌えないよー、店の中でなんかー。」

そしてさんざん押し問答したあげく、その歌の全貌は明らかになった。

「雨の御堂筋」の前半の節で

ムレムレー、ムレムレー、金玉が蒸れるー
ムレムレー、ムレムレー、インキンができる
ルルルー、痒いー痒い、かゆいよー痒いー
ハレツするー

しかも、私の姉が先頭にたち、私といとこといとこの妹で、いとこの末の弟を柱にしばりつけて、宗教儀式のように、この歌を歌いながらまわりを回って踊り狂ったというのである。ちなみにその時姉はすでに高校生。まだ小学生だったいとこの弟が泣き叫ぶのを気にも止めず、ついに親が止めに来るまで……ずっと。全然覚えてない。やれやれ。

いとこ「すごかったよね、工夫が。赤いスリッパを重ねて、炎に見立てて、火あぶり風にしたりね。」

すごかったよね、じゃない！

後日姉に電話して聞いたら「どうりでなんか、あの歌聞くと何かもやもやすると思った。あの子よくそんな細かいこと覚えてるねえ。」

細かくない！

一番悲しかったのは、私と、今のボーイフレンドのなれそめが、いっしょに行ったカラオケで彼が歌った「雨の御堂筋」がとても上手でぽうっとなったというものだったという点である。記憶の底の懐かしさが、私を惑わせたのか……。でもそんな記憶で？

はっきりとわかったのはひとつ。記憶をねつ造するのは本人であるということだ。全ての自伝はあてにならないということだ。でも忘れていることのほうに宝が埋もれているということでは、この話でもわかると思うが、絶対にない。

そして、いとこの末の弟は、今もこわがりで、三十になるのに結婚していないらしい。私なんかのトラウマの百倍くらいのその、女性にまつわる恐怖体験のせいだったらどうしようと心配だ。忘れてたけど。

お正月のある夜

毎年なんとなく目標というのを、私はなんとなく決める。いきあたりばったりで決める。

去年の最後に、大掃除があまりにも大変だったので、私は「今年こそきれいに暮らそう」という気持ちになった。うちは動物がたくさんいるうえにたいていいつも途中の原稿を抱えている仕事場でもあるのでとても面倒臭くて、私は人を家に呼ばない。だからさほど掃除の必然性はないのだが、汚いところで仕事をしているると悲しくてとてもやりきれなくなるので、たまに掃除をする。

ちなみに事務所の本棚を大掃除していたらものすごい本が出てきた。カルマについての本だった。土偶がシンボルで、それが自然霊のおおもとじめの霊で、著者とコンタクトをしているらしい。日本人なのに中国人のような名前で、その人の命によって今年からはなんとか元年で、女の化粧は第四の肌だ、化粧嫌いの女性はマリア信仰に毒されていると書いてある。が、マリア信仰ってのはなんだろう？　っていう説明はいっさいない。なぜ第四？　その前の三つの肌ってじゃあいったい何？　エイズは蜃気楼（ミラージュ）の精が取りついてなるのだとも書いてあったような気がする。ミラージュ？　って自然霊？　頭がくらくらしてきた。病気には理由があると書いてあるので「近眼」というところを見たら「ガラスの霊が怒っている」と書いてあった。ほう、そうか、ガラスは自然霊なのかなあ……うちの窓がいつも犬の鼻汁で汚いから私は近眼なのか……と思いつつ、日本の将来を憂えた。あの、ぱらぱら見ただけなので、うろおぼえですから、その宗教の人、怒らないで下さいね。そういえば掃除中に飲み物の味が変わる金と銀のマドラー「きんさんぎんさん」というのも出てきた。みんなどうして私にそういうものを送って下さるのだろう？　なんだか大きなかんちがいの渦の中にいるような気が、この本を読んでいたら特にしてきた。

暗い気持ちを洗い流すために思わず後藤繁雄さんの『skmt』を熱心に読み直してしまった。坂本龍一さんの、音楽を中心にしたゆるぎない人生に触れていたらやっとくらくらが治ってきた。後藤さんの本は私には少なくともいつもそういう効果をもたらす。何かほんとうにアホなもの……例えばTVの人生相談とか、収納特集とかを見てしまったあとにどうしようもない気持ちになったら、いつも彼の本を見る。解毒だろう。

まあまあ片付いた部屋の中で新年をむかえ、どうやったらこのままきれいに暮らせるのかしら？　と寝転がって鼻をほじりながら焼酎を飲んで考えていたら（この生きざまがまず問題だとトータルライフをコーディネートするという叶恭子さんはきっとアドバイスするだろう……）、頭に二つの思い出が浮かんできた。

ひとつめは画家のMAYA　MAXXと温泉に行った時の思い出だ。彼女は実はとってもきちんとしていて、たんすの中はとってもきれいなんだよ、と彼女のルームメイトは言った。へえー、大変じゃない？　と私はたずねた。その時、彼女はなぜか私の脳に深く焼き付く言葉を言ったのである。

「昔から母ちゃんに言われてたんだ、片付ける時やしまう時、どんなに面倒臭くてもその時やらないと後でもっと面倒臭くなるって。」

マヤちゃんの母ちゃんもよその子まで教育しようとは思わなかっただろう。でも、なぜか私はその時、雷に打たれたように、真実だ……と思ったのだった。そういうふうに入ってきた言葉は体から消えないものだ。

そういえば、友人のものすごく優秀な女性がそれを裏付けるような発言をしていたっけ。彼女は英語とフランス語と北京語が話せて、太極拳の資格もあって、仕事を頼むとすばやく片付け、旅行しても全く無駄のない行動をする人だ。その人がコンピューターを買ってから使えるようになるまでの速さは見とれるほどだった。彼女はきっぱりと言った。仕事の電話とかちょっとした雑用って、後回しにすればするほどどんどん大変になっていくからね、その時面倒臭いと感じてもさっと対応したほうが楽なの、と。

さらに頭に浮かんできたのは、なんと、郷ひろみの本『ダディ』だった。私はあれをもらって読んで、「郷ひろみはがんばりやさんだ」という感想を持った。それ以外の感想は特に持たなかったはずだった。しかし、なぜか頭の中に彼の「自分は整理整頓を心掛けている、それはそんなに大変なことではない。あったものをあった場所に必ず戻すように心掛ければいいのだ」というようなことを書いたくだりが突然よみがえってきたのだった。

役立つ……。郷ひろみもここに目をつけて読んでくれよとは決して思わなかっただろうが。

というわけで、結論めいたことが見えてきたが、何が役に立つかわからないという教訓も得た。よかったよかった。

やはり一月のある寒い夜、ワインをだらだら飲みながらの映画鑑賞

もう観ましたね、『ブレア・ウィッチ・プロジェクト』。これが出る頃にはビデオになっているのかな。

ホラーにはほんとうにうるさい私は、初日に観ました。並んでいる間、映画を観終えて出てくる人の中に泣いている人がいるのにはびびった。そして、こわかった。観ている間は「なるほど、うまく考えたなあ」などと作り手の気持ちになって冷静だったのに、家に帰ってひとりでお風呂に入っていたら、すごくこわくなった。キャンプを一度でもしたことがある人なら、いかに容易に人間があの精神状態になるかを知っているはず。そして「そういう時に起こってほしくないなあ」と心から思ういやなことが全部起こるので、とてもいやだった。あの映像に目が疲れて一瞬寝そうになったが、これはアイデアというよりは、「こわいってなんだろう?」と純粋に考え抜いた制作側の勝利だと思った。

それはさておき、仕事で使うことがあったので、久しぶりにアレハンドロ・ホドロフスキーという人の『サンタ・サングレ』という映画を観ました。彼は名作

『エル・トポ』を撮った監督です。

昔はどうにかなってしまうほど感動したけど、今は大人になっているせいかあらも見える。ヒロインがちょっと説得力弱いなあとか、プロレス女すげー！　笑っちゃうほどすごい！　とか、どうしてお母さんはあんな姿になってもカーラーを巻いているんだろう？　母親というものへの嫌悪の象徴なのだろうか？　とかここに出ている監督の息子たちはこんな変わった役によくいきなり入り込めるなあ、とかちょっと物語を作り込みすぎておセンチな気がする、とか映像ちょっと手抜きかもしれないな、クラウディオ・アルジェントのプロデュースが裏目に出ているのだろうか、とか私がメキシコに行きたくないのはこの映画のようなものすごい場所だと思い込んでいたからか……メキシコ人はこれを観てどう思うのだろうか、とかいろいろ思うところがあった。一番有名な、お母さんの手になってピアノを弾くシーンや、ラストはやはり泣きましたけど。

これを観直そうと思ったもうひとつの理由は、この間イタリアに行った時に監督についてのすごい話を聞いたからだ。監督の消息を知りたい日本の人がいるかもしれないので、書き留めておこうと思う。私のイタリア人の友達は、だいたい以下のようなことを語ってくれた。

「ホドロフスキー監督は、今、なんと精神分析医をしている。彼のクライアントは彼の提案を、あれこれ理屈をつけずに絶対に受け入れることが条件である。ある女性が夫と性生活がうまくいかないことをはじめとする、いろいろな相談をした。彼はこう言った。『これからは夫とセックスする時はいつもお金をとりなさい。』彼女はそうした。そして悩みは解決した。もうひとつ、ある男が潔癖性の姉と暮らしていて、その潔癖さに対してものすごい圧迫感を感じて相談した。彼は言った。『何も言わずに裸で家に入っていって、テーブルの上にウンコしなさい。それでまた何も言わずに去りなさい。』弟はそうした。姉は何も言わず、それからは前のようにうるさく言わなくなった。そういうふうに、うまく行く時はものすごくうまく行くらしい。」

この方法の是非を問おうとは決して思わないが、作風をそのまま人生に取り入れている斬新さには胸を打たれた。世界観とはほんとうにはっきりと確立さえしてりゃ、あとはどうにでもなるか、まわりがついてきてしまうものなんだなあ、と思った。が、そのことの是非……というか自分の身のふりかたも、ちょっとまだ結論が出ていない。確立させるのはむつかしいけど可能だし小説に没頭するには有効と思うが、どうしても深く狭くなるような気がして、それではこの世を眺める面白みが半減するのではないかという恐怖が、私には常にある。

ただ、はっきりしていることはひとつ。「彼には相談したくないな……。」

風の強い午後、シネマライズ

私はシネマライズという映画館そのものが好きなんだなあといつも思う。おそろしいキャッチセールスの渦を（三十五歳の俺に化粧品や旅行のことで声かけるなよ……）ふりきりながら、パルコの脇を曲がっていくと見えてくる。あの映画館は八十年代が残したいいもののひとつだと思う。余裕があるんだよね……。なんか食べながら観れるし、飲み物も飲めるし、落ち着くし、映画もたいていいいし。あそこで映画を観てから、となりで花と本を買って帰るのは東京における数少ない幸せのひとつだ。

もう遅いと知りつつ観たものは『ポーラX』。監督はアホな若者を撮らせたら天下一品のレオス・カラックスだ。今回もアホな若者が全編くまなくはた迷惑にアホだった。純粋さを手に入れるにはドロップアウトを、という彼のあいかわらずの単純さにもうんざりだし、泥と血で汚れた女は闇に、白くて清潔な女は光の中にという対比もアホくさい。成長の証拠として世界情勢をとりいれているところも悲しい。自尊心をかきたてる時彼の映画の主人公はなしていつも上半身裸なのじゃろう？　アホな若者に興味がない私としては全くついていけない。しかし！　だめ映画か？　と聞かれたら「好きだ」と答えてしまう単純な魅力が彼の映像にはある。あの暗い森！　汚れた女の後ろ姿！　あの婚約者のか細い所作！　ガウンのドヌーヴ！　一生心に残る映像がいくつかあった。

やはり、監督が全部自分の言葉だけで、恥ずかしくても甘く見えてもアホでも、自分のイメージを語ろうとしているから好感が持てるのだろう。それはすごく勇気がいるのだろうなあ、と彼の身になってしんみりした。

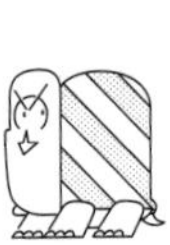

ある春の日、亀が亀小屋の床を踏み抜く

いつかそんな日が来るような気はしていた。亀の重さとパワーで、亀小屋（子犬用のケージと、ボーイフレンドが木で作った庭がセットになったもの）がじょじょに崩壊しつつあったからだ。しかしそれは突然だった。亀が足をふんばってどばっという音を出して大量の尿を出したとたんに、それがなぜか小屋の床を素通りして私の部屋のフローリングの床に流れ出たのだ。尿の筋は私の足もとまで勢いよく流れてきた。

私はあぜんとして新聞紙をのけてみた。すると、床がまっぷたつに割れていた。仕方なく犬小屋にしては最大の輸入ケージに買い換えた。私のせっぱつまった電話がきいたのか、すぐに送られてきたそれは、ものすごく大きくて、高さも私の身長の半分くらいはあった。これで部屋の半分が亀の家だ。

亀の飼育はやはり半端なものではなかった。みなさまにおすすめはできない。私は昔、中学生の時、陸亀の飼い方がわからなくて死なせてしまった痛い経験があるので、今回は必死だ。そして毎日が発見だ。亀を飼い続けているかぎり子供は持てないかもしれないと思うくらい、ばかみたいにまじめに取り組んでいる。

これまでに様々な動物と暮らしてきた。あひる、犬、猫、にわとり、ハムスター、モルモット、うさぎ……そして死の悲しみも何回も乗り越えてきた。私は『グリーンマイル』を観て、いくつかの場面で思わず泣いてしまったが、それはほとんどあのネズミのせいだ。死んでいく人がネズミだけを愛するのはくだらないことに思えるが、人間以外の生き物との交流ってそういうものだと思う。擬人化はもってのほかだけれど、愛は確実に双方に通っているのだ。くくく……。

最近はたいてい犬と暮らしているが、犬もやはりたいてい先に死んでしまう。

かなり長生きするだけに失う胸の痛みもものすごいが、それを何回も経験すると、それこそ『グリーンマイル』の主人公のように、何か空しいものも感じるようになる。最高に嬉しいのは子犬が家に来るときだが、その時にすでに「これからしばらくはもう一匹の犬になじませて（たいてい二匹で飼っているので残った犬は相棒に先立たれて敏感になっているし、飼い主の愛をひとりじめしているから新参者をいやがる）、それから小屋から出して、性格をつかんで、注射して、散歩をはじめて、避妊手術して、はじめてあずける夏はこういうことに用心して……」というこれまで何回か繰り返してきた大変で楽しい道筋が浮かんできて、ふっと空しくなることがある。いつまで繰り返していくんだろう？　私が死ぬときはどんな犬といるのだろう？　などと考えてしまうのだ。

もちろんそれでも犬が好きな限り、繰り返していくのですけれど。

すごい女好きの気持ちに似ていなくもない。前にすごいプレイボーイの人と話したら「それがまたいい子でさ！」と新しい彼女の自慢をはじめたので「よかったねえ」と言ったら、彼は真顔で「いや、いい子ほど、気が重いんだよ……また長くなって、別れるのかと思うと」と言っていた。気持ちの動きがちょっと共通しているなあ。彼は、前私が失恋してしくしく泣いていたら「ええ？　どうして泣くの？　過去じゃん、もう。今じゃないじゃん」と本気でさわやかに言って「よくわからない……」とつぶやいていた強者です。

亀はうまくすればもっともっと長く生きる。私よりも長いかもしれない。私よりも先に死んでくれ、と思うのはつまり亀生にとっては「早死にしろ」と言っているのと同じなので、そんなことできない。亀を飼うようになってよかったこと、それは先を考えず、いきあたりばったりになったことだ。

これまでの私は何事にも多少備えというものを考えるタイプだったが、亀にはそれが使えない。春だ！　といってヒーターを切ったら、次の日冷え込んでまたつけなくてはならないし、日なたに出そう！　と思って窓辺に連れて行くと日がかげったりすることもある。相手が生き物で、命に関わることだから「臨機応変、そしてその時々で考える」という私の一番苦手だったことを犬以上に細かく学ばざるをえなかった。天候や温度の移り変わりにも敏感になった。そうしたら服を選んだりする楽しさも増した。

さらに、これまで私はおおよそ五年くらいでボーイフレンドを変えてきたが、亀のロングライフを考えているとばかばかしくなって先々のことなど考えなくなってきた。別れる時までいればいいや、というアバウト感。これこそが長続きのこつかもしれない。亀好きの彼をこれから新たに捜すのも大変だし……とか。

いや、もちろん、それだけではないんですけれど。

この間、ボーイフレンドと河津に行って、ついでにアンディランドという亀がたくさんいるところに立ち寄った。亀がいすぎて、なんだか具合が悪くなってくるほどだった。最後に庭みたいなのがあって、双方薄汚れた鶴と亀がわんさかいる檻があった。本来めでたいはずなのに心浮き立たないのはなぜ？　と首をかしげてしまう企画だったが、さらに私たちを暗くしたのは、そこに入っていた巨大な亀がみんなうちの亀と同じ種類だったことだ。「あんなに大きくなるんだね……」と言って、ふたりともしばらくなんとなく無口だった。この気持ちが共有できるなんて、愛ってすばらしい（とってつけたような結論）。

アンディランドには、遠い昔家族で行った。その時も全員亀を見すぎてげんなりした記憶がある。どの角を曲がっても、どの檻も、どの水槽も、亀また亀。売店には追い打ちをかけるがごとくすっぽんの粉。でも亀好きにはけっこう楽しいところではあります。立派な施設だし、ブリーディングもしてるし。

あの頃は家族全員元気でしょっちゅう旅行に行ったわねえ、という切ない思いで母に「この間、アンディランドに行ったよ、懐かしかったわ……」と告げたら、「あんた！　あそこに二回も！　ほんとうに亀が好きなのねえ！」と吐き捨てるように言われた。

世の中どうなっとるんじゃ？　と玉川髙島屋で叫んだある宵

時々、いろいろな店で芸能人に出会う。目立つ上に見た目が商売、さぞかし大変だと思う。私ももはや面倒くさくて、自分をひそかに認識してくれているところでしか服などの買い物をしなくなってきた。荒いだけとはいいがたい不思議な金づかい（たとえば服だと、妙にパーティとかあるし、続けてそういう行事があると同じ服で出にくいので似たような目的、用途の服を何枚も買ったり、さらにその催しが外国であると旅程のつごうで変にラフな服もいっぺんに買ったりするから）の説明も面倒だし、人目につくのも好ましくないし、だいたい、最近若者向けの店で売っている服ってとっても小さい。「あの小さい服を着た小さい女の子たちの中を歩いていると自分が巨人に思えてくる」と友達のてるこも言っていた。おばはんだなあ。

芸能人は、ちやほや扱われるからそうなってしまうというのもあるけど、何となく見ているとたいていちょっといばっていたり、ないがしろにされると怒り出しそう。でもその不安もわからなくはない。人前に出る仕事の人はオーラを放っていることにプライドがあるし、そのことに対してプロとしてとても敏感でナーバスだから、優しく扱ってほしいのだろう。

私の職種は大変微妙なものだが、タクシーの運転手さんに話しかけられる率と道を聞かれる率がかなり高いルックスをしているためか、腰が低い方だと自分では思う。店に抗議することも、めったにない。

でも腰が低い人の傲慢さっていうのもあるもので、ぎりぎりまでがまんするが許容量を超えると一気に怒り出すのが特徴だ。あまりにものすごかった時、タクシーを降りたことはある。それも「お客さんの今から行く方向に行くのいやなんだよね」とくどくど言われたような時だった気がする。そういう時は、いやみにきっちりお金を払って、乗務員証をじーっと見る動作をしてから降りる。意地悪いが、母の背中を見て育った私。ちなみに母はそういう時「お名前は？」と聞いてから降ります。

めぐりあってよかった、と思うようなプロ意識でほれぼれする人がいるかわりに、そういうやつもいるのがこの世だ。それはしょうがない。全員すてきな世界なんて気持ち悪い。

一度、店で「これありますか？」と聞いて、担当の店員さんじゃない人が横から首を出してきて「ああ、それ、ない！　探しても無駄！」と言い放ったとき、生まれて初めてオーナーに手紙を書いてしまった。でも面と向かって言えなかったのが、すごくくやしくて情けなかった。悪意の固まりに触れて、びっくりして逃げてしまった。それからは反省して、面と向かって言えるようにしようと思った。

で、話は本題に。この間、イタリアで仕事をして本業ではなかったので「ギャラはいらん」と言ったら、ものすごく高そうな版画をもらった。高そうな上に巨大だったので、額装しなくてはいけない、と思い、サイズを測って前に他の絵の額を作ってもらった店に行った。前の時、店にいた優しい店員さんにその店の会員のようなものになれと勧められ、感じがよかったので無料で登録した。それからしばらくセールのお知らせなどが来ていた。

その人はその日いなくて、わりときちんとしていてえらそうなおじさんがいたのでその人に「額を作ってほしいのですが、確か昔、ここの会員のようなものに登録しました」と私は言った。たぶん感じよく。しかしそのおやじは「いいえ、うちの店では過去一回たりとて、会員を持ったことはございません」と言う。私は「なんだかカードのような用紙をもらってセールのお知らせをいただいているだけですから、会員ではなかったのかも」と言った。ちょっと「?」と思いつつ。すると彼は「おかしいですねえ、お名前が登録してありません。そのような方にセールのお知らせが行くことはないのですが」とコンピューターに私の名前を検索させた後、そう言った。どうでもよかったので、「それでは別にいいです、額装をお願いします。こんな感じの色の細い額を、この大きさの版画に合わせたいのですが」と言ってサイズを告げた。見積りも出してほしかったし、日数も知りたかった。別に絶対に絵は持ってこない！　なんて気持ちはなかったし、さっさと額だけ作ってくれ、という態度でもなかったと思う。すると彼は「あやしいですねえ、絵がそんなぴったりとしたサイズだっていうのが、お客様の測り方が正確ではないっていう気がしますねえ。まあ、うちでは言われたサイズで額をお作りするのはいいんですが、後で入らないと文句を言われてもですねえ」と言う。

神かけて私は大げさに言ったり、私のビジョンで見たやりとりを書いたりしていない。このやりとりをTVカメラで撮影していたら、この通りの映像がとれただろう。

さすがに私はみけんにしわがよってきて、「ほんとうは版画を持ってくるとよかったのだと思いますが、大きい上に今日は車がなくて。サイズは測りなおしてあとで知らせます」とがんばってやさしく言い「部屋の色に合わせてこういう額にして、絵のまわりに置く紙はほんとうはなしにしたいんですけど、あるなら最小限の大きさで、ベージュみたいな色にしたいんです」と続けた。すると彼は「それは……（専門用語）というものでして、素人さんにはわからないと思うんですが、版画を保護するなら絶対に必要なのです、こういうふうにね」と言いながら、ドラクロアか何かのちゃちい複製画が入った小さい額を持ってきた。「色のほうも見てみないと素人さんじゃ、なんともねえ……」と言いつつ。

私は「こりゃあ、虫の居所が悪くて、絶対に売りたくないんだ、額を。たとえ絵を後日持ってきても、額装して売るという結果にしたくないんだ。額を売りたくない額縁屋だ、こりゃあもう漫画だ」と思い、その人が接客中だというのに他の人の接客をはじめた時「もういいです」と言ってその場を離れた。

面と向かって言う、というポリシーはばかばかしさのあまりもう崩れていた。

その後、となりのCD屋で怒りを冷やしていたら、顔見知りの店員さんがいるのに気づいた。少しお話が不自由なお嬢さんなのだが、いつもきれいにしていて、きちんとよく働いていて、他の店員さんとも楽しそうにしていて「こういう、少し障害のある人が採用されて普通に働いている店っていいな」といつも思っていた。

その人がはきはきと「よしもとさん、髪の毛伸びましたね！」とレジで話しかけてくれた時、ちょっと泣きそうになってしまった。普通ってむしろこういうことだろう？　と。

私が芸能人になりかけててちょっと傲慢が入っているのも認めるし、この世にはもっとひどい、レイプ、殺人、保険金詐欺……などなどいろいろな恐ろしいことがいたるところにあり、そういう基準から見たら機嫌の悪い店員なんてささいなことだというのもよおおおうくわかっている。

でもー。せめて、そういう人はそれらしいところにそれらしい態度でいてほしい。デパートの中にフェイントでいないでほしい……。区別がますますむつかしい。声高に主張することは何もないけれど、そのおじさんの壊れ方って、世の中が奇妙な形ですさんできたのに似てる感じがしてちょっとこわい。ちなみに絵は後に近所の親切な額縁屋さんで、いい感じに額装されてきました。

四月のある午後ちょっとこわ……いい話　その一

「お客さん、そこは八代亜紀の家ですよ！」

とタクシーの運ちゃんが言った。窓の少ない豪邸だった。

「へえ、そうなんですか、窓が少ないですね。」

私は言った。

「そういえば、お客さん、聞いてくださいよ。この間、おすぎかピーコのどっちかが乗ってきたんです。TVに出ている時みたいに、はっきりした差がないんです、私服だと。サングラスをかけていたし……。私たちだと、そういうところでしか判断できないからね。バックミラーではね。」

「うわあ、それは難問ですね。」

「わかります？　そうだったんです。でも何も言わずにおれなくてね、言ってみたんです、一か八かで、『ピーコさんですよね？』って。」

「そしたら？」

わくわくして私は問いかけた。運ちゃんはしょんぼりした声で言った。

「だめでした！『そうよね！いいわよねー、ピーコは売れてて！』って言われちゃいました。おすぎさんだったんです。」

「それは気まずいですね。」

「そうだったんです……だからね、お客さん、もしもそのどっちかに会って、おすぎさんかピーコさんかわからなかったら、とりあえずね、『おすぎさんですね？』って言ったほうが間違いないですよ。」

……とありがたい教えをいただいたが、果たして……私の人生にそんなおそろしい選択を迫られる日が来るのだろうか？　来ないことを祈る。

四月の晴れた夜ちょっとこわ……いい話　その二

満月だったので、タクシーの中からじっと空を見ていた。ビルの谷間にたまに満月がちらっと見える。それに夢中になっていたら、いきなり運ちゃんが言った。しかもかなりきっぱりと。

「お客さん！　ハンターには気をつけな!!」

ハンター??

「なんですか、それは……恋のハンターのことですか？」

われながらすばらしいかえしだったと思う。

「違うよ！　白くするやつだよ！」

運ちゃんは言った。

「運転手さん、それはハイターです。」

私は言った。

「そうか、あれはハイターか！」

聞いてみれば、彼は流しの掃除をしていて、ハイターと防カビの洗剤を同時に使用、有毒ガスが発生して意識を失い、やかんを火にかけていたためぼやを出し、救急車で運ばれたそうだ。あっという間に意識を失ったので、ほんとうにこわかったと言っていた。

ハイターには気をつけよう！

四月、花見の夜、居酒屋にてすごくこわかった話

宴会で、会計が終わった後、今まだ残っている飲み物をみんながだらだら飲んで帰りがたいことってあるよね。

店の人からしたら、とても迷惑だろうな、とわかってきてもみな立ち去りがた

く、だらだらと残り物をつまんでしゃべってしまう時。次の店に行くほどの早い時間でもなく、かといってさっと帰ってしまうにはちょっと早すぎるような、そんな時。屋外での花見を終えてすっかりできあがり、二次会で行ったその居酒屋で、まさにそういう時を過ごしていたと思いねえ。

私とまわりの数人は、押入れの扉によりかかってしゃべっていた……はずだった。よくざぶとんがまとめてはいっている、木でできた戸だなみたいなやつ。そこに寄りかかって、みんなで去年の宴会の写真など見て、笑っていた。

しかしその時、突然、その押入れの引き戸が内側からがらがら、と開いて、中から枯れ枝のような細ーい手が、空をつかむようににゅうっと出てきたのである。

その時の驚きは、みな、たぶん今でも、言葉につくせないだろう。

あまりにも異常なことが起こると、人は黙ってしまい、しかも案外簡単にその事態を受け入れるものだ。

原マスミさんは「ドラキュラバンク（という貯金箱。昔すごーくはやった。お金を置くと、棺桶から急に青い手が出てきて、お金をつかんで箱に入れるしくみになっている）みたいだったね……。」

とすぐに冷静な感じでコメントしていた。

そう、押入れかと思っていたところはなんと住居で、中にはふとんがしいてあり、おばあさんが寝ていたのだった。

「今、ここによりかかってゆらしたでしょ？」

とおばあさんは言った。

「はい、すみません、中に人がいらっしゃるとは思ってもみませんでした。」

「もうそろそろ片付けようと思って出てきたの。」

おばあさんはそう言って、いきなりテーブルの上を片付けはじめた。

そのお座敷全体を借り切っていた、全部で二十人くらいの花見メンバーはみな、いきなり押入れかと思っていたところから出てきたおばあさんにぎょっとし、さらにその片付ける勢いに押されて、ささっと席を立ちはじめた。

これは……宴会をお開きにする最終兵器だ！　これ以上の方法はありえない！　と私はまじで感動したのだった。

五月のさわやかな真昼……オエー！

そう言えば、私はバリバリの七十年代人。ヤコペッティのやらせドキュメンタリーをリアルタイムで観てきた年代だった。

『ブレア・ウィッチ・プロジェクト』を観た時はそんなこと全然忘れていたが、先頃元ネタビデオが次々リリースされ、そうだ、そういえばあの頃はこの様式が流行っていて、いろいろあったなあ！　と思い出されてきた。要するに、ドキュメンタリーと偽って何が何でも「事実である」という方式でストーリーを続け、謎を追い、カメラもほとんど手持ちで臨場感を出し、こわがらせるというやり方。もちろんその制作に関わった人は死んだりひどい目にあって、その模様は映像だけに残されていた的なオチもこわさをかき立てる。

日野日出志さんも『ギニー・ピッグ』の何回目かでやっていたっけ。

個人的に秀逸だと思ったのは『チュパカブラ・プロジェクト』という映画。たぶん七十年代のもので、撮った人の名も（忘れたが）スペイン系だった。

メキシコに近い村で、伝説の生物チュパカブラが出現して家畜や人間を襲う。その正体を探りたいと決意したある女子大生と、その一部始終を記録する周囲のスタッフと、家畜を襲われ困っている村の人々、警官、雇われボディーガードなどなどがどんどん死んでいきながら抜き差しならない状況に追い込まれていく……。うまいな！　と思ったのは、使命感に燃える主人公の善良で情熱的なキャラクターが非常によくできていて、異常な設定でもすぐひきこまれるようにできていること。これはキャラ設定がまことにおそまつだった『ブレア・ウィッチ……』に完全に勝っている。それから、たいへんばかばかしい姿をしたチュパカブラが何回も出てくるのに、その安さときたら笑ってしまうほどなのに、なぜか

「こわい気がする」と思わせてしまう映像的工夫の実力。すぐにけがして叫んでいる祈禱師や、金にせちがらい実力派の美人魔女コンビなど、土地柄を生かした登場人物も生きている。ここで私たちは、地元の人々の信仰や死生観が、アメリカ文明と全く違う形で存在し、そのチュパカブラをはさんではじめて出会うところも見ることができる。さらにそいつにかじられると内臓が腐っていき、三日もしくは一年とか十年とかいう適当なスパンで内臓を吐き散らかして死ぬ、という恐ろしいことになるのだけれど、主人公が途中で嚙まれたりして、嚙まれた後に前に嚙まれた人が腐っていくのを見たりして、かなりいい……。

とすごく勧めてはいても、まあ、日曜の午後ビデオで観て感心するという程度のすごさなんだけど……。

最後に彼らはチュパカブラをなんとかして殺し、実験室での解剖の場面がはじまる。ちょっと、もしかして国がそいつを実験で作ったのではないか、というXファイル的疑惑なども盛りこまれ、監督はかなりかしこい人だったのだろう。

それはいいけど……、力作だったけど……。

私には超能力は一切ないが、たまに、こういうことがある。もっとも悪いことをなんとなく予知してしかもやってしまうのだ。

遅い午後、曇り空から時々晴れ間がのぞくさわやかな五月の日……。そうだ、と私は思った。昼ごはんはよく冷やしたフルーツトマトに軽く塩をしたものと、ざる豆腐にしょうがとだししょうゆ一滴、ゆずこしょうを添えて……という気候にあったさわやかなメニューにしよう！　そして昼ビールを飲むことにしよう！　なんていい思いつきだろう！

そして、その映画を見始めたのだった。

オエー！

断言します。この広い世の中のたくさんの食べ物のなかで、この映画を観るのにいちばんよくない食べ物、それは豆腐とトマトの組み合わせでした。人肉とくさやでもまだましだと思います。

これまでに様々なホラーを観ながら平気でごはんを食べてきた強者の私をここまで言わしめるとは、なかなかの傑作だったとやはり思う。

冬のある寒い朝『スケアード』を読みながらがくぜん

誰からも指摘されなかったけど、前号でとりあげた『チュパカブラ・プロジェクト』はなんと現代の映画だったのです。にわかには信じがたいけれど、そうだって書いてありました。でも、だからといって、あの映画に対する自分の評価を変えるべきなのかどうかさえ、わからない。ただ、忘れがたい、映画だった……。

ちなみに『スケアード』とは知人が作っているホラー映画専門の雑誌ですが、読み終わると、いつも「この世にはいろいろな趣味の人がいるな……」と思う。でも私もラブロマンスを観るくらいならホラーを、というふうに映画を観てきた人生なので、何も言えない。スプラッターには興味があまりないけど、昔「ホラー映画100選」というインタビューをされて、自信ないです……と言いながら映画の一覧表を見たら、まるで自分がしゃべっているんじゃないみたいに、つるつるっと百本コメントできてしまったことがある。まるで方向感覚のするどい人が、はじめての町ですぐに道と方角を把握して目的地にたどり着くような感じだった。「ほんとうにむいてる」ってきっとこういうことなんだと思う。ファンタスティック映画祭に行くと、なんだかロビーにいる人々をみな愛しく感じたりすることがある。みんな、この世に生きていては見ることのできないもの、でもこの世のどこかにあるようなものを見た時のどきどきした強い気持ちを味わいたくて、ここにいるんだなあ……と。

いずれにしてもメキシコには行きたくない。

釣崎先生（としか呼べないよ……あんなすごい人生を）の死体の本を熟読して、ますますその気持ちは高まった。コロンビアにも行きたくなくなった。この前行って、ウルグアイやパラグアイにももうあんまり行きたくない。地球が、私にとって、どんどん小さくなっていく！

ところで、私の友達で、とても尊敬するたかのてるこが、本を出したので合わせて紹介します。『ガンジス河でバタフライ』（幻冬舎刊）。旅は好きだが釣崎世界までは行けない、そんなあなたにはきっと参考になるでしょう。

いつも彼女はものすごい旅をする。ホテルに泊まらないで、知り合った家族全員の人気者になって家に泊めてもらったりばかりしている。絶対まねできない。いっしょに東京を歩いていても、彼女は人だかりをつくり、絶対に心を開かない人々を笑顔にする。ふつうのおもろい関西人よりも一歩ぬきんでた存在になったのは、彼女がほんとうは気が小さくて優しいからなのだろうが、もはや天才だなあといつも思う。無茶なことをいたずらにしているのではなく、用心深く計算高く繊細で、かつ大胆でタイミングの読みがすごいのだ。いっしょにいると心底感心することが多い。人との出会いは真剣勝負だと彼女が考えていることがよくわかる。

大学の時は、通学バスの中でみんな静かで暗いからといって、勝手に学校までバスガイドをやって人々を笑わせていたし、人の見送りの時にはいつもさりげなく改札を抜けていた。前にも書いたが、新宿の歌舞伎町のドーナツ屋で二階を見に行ったら超満員の満席だったので「てるちゃん、だめだ、満席」と言って降りてきたら、しばらくして「もう一回見てくる」と言って上に上がっていった彼女が「相席だけどあいてる！　あいてる！」と喜んで知らせにきたので行ってみると、四人がけのそこにはくさそうなホームレスのおじさんがぐうぐう寝ていて、残りの三席が小さくあいていた……。ということがあったが、あまりにもそういう話が多くて書ききれない。

外国に行くと、さらにその才能は全開になる。私がいちばんすごいな……と思ったのは、モロッコだかヨルダンだか忘れたけど、知り合いになった人の家に泊めてもらった時の話だった。家族みんなでヨーグルトを食べた後、その食べ残しはまた新たなヨーグルトをつくるために回収されてびんに入れてまた冷蔵庫に戻すそうなのだが、彼女はそれが嬉しかったのだと言った。

「私の食べ残しまでいっしょにしてくれるなんて、本当に家族同然だ！」と。が、ふつう見知らぬ異国人の家族の食べ残しを食べたのだ、と気づいたら、たぶん一瞬がーん！　となるだろう。私だったら日本人の家庭でもちょっと「おえー」と思うだろう、口には出さないが、たぶん思ってしまうだろう。でも彼女の場合そこに思いは絶対にいたらないのだ。そういうふうだから、宿泊先の子供たちが「今日は私がてるちゃんと寝る！」と言って先を争いくっついてくるのだろう。そういうかけねない親密さは必ず伝わるものだ。そして私もよく食べ残しを彼女に奪われる。まさかただのいやしんぼうか？

インドではじゅうたん屋の工房にまでつれていかれて雪隠《せっちん》づめにされても絶対にじゅうたんを買わず、笑わせたりじんとさせたりして、最後にはじゅうたん屋にめしをおごらせていたし、見知らぬ小学校に窓から入って子供たちと校長先生の心をわしづかみにしてやっぱり昼めしをおごられていた。

彼女にとっては、世界はどんどん大きくなっていく！

というわけで、おもしろい本だったので、ぜひ、読んでみてください。

冬のある寒い午後、ワイドショーを見てがくぜん

この間、波照間島に行った。何日もいるうちになんとなくなじんできて、そこでの旅人の生活パターンがわかってきた。なんといっても民宿のおじさんが飛行機の誘導までやっている島だ（それを見た時にはクローンかと思った……）から、とても小さく平和だ。その民宿っていうのも四軒くらいしかない。外食できるところも数えるほど。夜若い人が行く飲み屋は一軒（パナヌファ、いい店でした……）。でもほのぼのしているわけでもなくて、何か宇宙的な、壮大な暗さがある場所だった。ちょっと、ツインピークスっていうか……。みんないい人で、でも何か不思議な磁場の中、不思議なエピソードを生きている感じ。

で、旅人の生活パターンはというと、1、たたきおこされて民宿のおいしい朝ごはんを食べる。2、食後、ちょっと休むか買い出し。3、ニシ浜に散歩に行く、

もしくは島を一周する、もしくは最南端の碑のあたりに行く。または、ひまなので港に人を迎えに行くか見送りに行ったり、港の売店でごはんを食べる。もしくはひまなので飛行場に行って、飛行機で来た人を迎えに行くか見送りに行く。4、少し陽がかげったら、泳ぎに行くかバーベキューをはじめる。そして、夕方は、ほぼ必ず全員が、漠然とニシ浜にたらたらとやってきて、夕陽の沈むところをじっと眺める。5、バーベキューとたき火をしないなら、民宿のおいしい晩ごはんを食べる。6、シャワーを浴びて、飲みに行く……パナヌファというそのナイスな店か、人の家か、浜か。7、星を見る。8、寝る。

これ以上は、どう考えても、やることがない。そしてそのどこにも、超自然的な恐怖以外の、人的恐怖はなかった。会った若い旅人たちも、泊まるところがなかったら浜に寝る、と普通に言っていたし、日本を旅するってそういうことだったと思う。

のんびりしつつ、何かいろいろ神秘的な空気に触れて、黒光りして帰ってきたら、なんと、ニシ浜で人が殺されているではないか。

私たちが足を洗い、貝（エッチな貝ではなく、男らしく海に潜って取ってきた貝のことね！）を洗い、着替え、笑いながらビールを飲み、やきそばを食べていたまさにあの更衣室とちょっとした屋根のある休憩スペース……しかもその浜で唯一のそういう場所で、同じような毎日を過ごしていたはずの女の人が殺されているではないか。しかも同じように、足を洗っていたというだけの理由で。

ああ、びっくりした。

東京でテレビの映像を見ていると、人気のない浜辺にその女の人はひとりで無謀にも散歩に行ったというような印象を受けるが、一度でもあの島に行ったことのある人は、たぶん毎日、ほぼ全員が、確実にあの場所に行くしかないようなのどかなところで、ひとり旅で行ったら、行きたくないとたとえ思っても、たとえ海が好きでなくても、とにかくいつのまにか行ってしまうようなところなんだ！だってそこしか行くところないんだもん、ということの感じがわかることだろう。

私も、たまたま仕事で行って団体行動していたけれど、もしもひとりの時間ができてしまったら、ひとりでふらりとあの場所へ行っただろう。やはり、この目で見たことだけを信じ、自分独自の「この世マップ」を作っていこう、と心から思った。

マイクを向けられた島民のおばちゃんが、「この島は神様の島だから、悪いことをした人がそう長くつかまらないわけがない」と心から言っていたことにも、おじさんが「この島では五十年も百年もこんなことはなかった」とすごくアバウトな時間の単位で語っていたのも、よくわかる気がする。

あの島にいる間、みんなくつろいで静かな、もはや暗いというのに近いくらいに落ち着いた気持ちになっていたし、さとうきびのための雨を待っていたし、神を畏れていた。そんなところで人を犯そうとか殺そうとか思いつくなんて、それはもはや、救いようなく鈍いのだと思う。

この間も鳥取に行こうとしたら前の日に地震が来たし、なんだか……ついているのか単に間一髪なのか、全然わからない。

ああ、感動！　秋の終わりのある日の思い出

私は前からどうしてもどうしても「水木しげるロード」に行きたかった。水木先生と対談をして、「あのブロンズはいいですよ」とにこにこしているのを見たら、ますます期待は高まった。初恋はドロンパか鬼太郎か選べないという私が行かなくて、誰が行くのだろう。

今回、地震もあったし、時間もなかったのに私は行きましたよ。

そうしたら、ほんとうにすばらしかった。ちゃちなところが全然ない。伊豆高原にあるどうでもいい美術館やいかにもどうでもいいって感じのセンスのない町おこしを見慣れてきた私の脳細胞が「ここは違う！」と生き生きしはじめた。街灯は目玉だし、床屋の窓も鬼太郎だし、日本のさまざまな妖怪、しかもあのむつ

かしい水木先生の絵がらをどこまでもきっちり、しかも立体で再現したブロンズ像は小さくて精密で興味深いし、もう感涙。みやげものもけっこうしっかりしていた。一反もめんTシャツなんて、着ているとこわいくらいリアルだ。

泥田坊とか舟ゆうれいとか、ろくろっ首とかきじむなーとか、あまりメジャーでない方々も愛しい感じでちゃんとあって「ああ、こういう生き物が人間の暮らしの中に潜んでいると想像して自然の神秘と共存していた昔の人々ってすばらしい！」と思った。

でも、いちばんはじっこにあった「のんのんばあと俺」は、どう考えても、妖怪ではないと思う。あれは幼き水木先生と近所のおばあさんなのでは？……いや、もはや妖怪なのか？

それから……私は島根に泊まっていたのだが、島根といえば、園山俊二先生の出身地だ。なんで「はじめ人間ロード」はないのか、石のお金とかマンモスの肉とかもブロンズにすればいいのに……と思いつつ、宍道湖大橋を渡って行くとき、私は確かに見たような気がするのだ。犬を連れた少年の後ろ姿……あの像は……ええと、あの子の名前忘れたけど、犬はガタピシ？　だっけ？　どう考えても園山ワールドのシルエットだったような気がするが、一瞬のことで、あまりにもそれを期待している私の目が見た幻だったのだろうか？

わからない……なかなかあっちの方に行く機会がないので、もしも島根の出身の人がいたら、私が見たものが夢だったのかどうか、教えてください。

（後記　やっぱりそうでした！　読者の方から『そうです！　あれはガタピシです！』とメールが来ました。すてき……♡）

冬の午後、心斎橋で……

友達のハルタさんは口の中が血の味だと言いながら、こう言いました。「移植した歯の根っこがのびていくとき、さくさくって音がするんですよ。レタスを噛む時みたいな。」こわいよう！！！！
「親戚が送ってくれた豆腐の漬け物がクールじゃなく送られてきたので、開けてみたらへそくさかったんです。よしもとさんに送ってあげようと思ったのに……。」とも言っていました。待って！　その描写、さりげなく表現にまぜないで！　へそくさいとは？

　ひと口食べて、お父さんが「へそくせー！」って叫んだそうです。

前、彼女に、ミイラが臭くてカラスが奥で腐りそうに生きている真っ暗なオカルトショップに連れて行かれ、黒ミサの音楽を大音響でえんえん聴いていたら、熱が、出ました。でも大好きな、大切な友達です。

正月、息子の里帰り

ある日、巨大亀を里子に出した先のお医者さんから留守電が入っていた。

「長やんのことでご相談があります、連絡ください。」

私はもしや、長やんは死んだのでは……と思い、胸がどきどきしながら電話をした。まだ十五センチくらいから、手塩にかけて育ててきた思い出がずっしりと心に残っていた。

するとなんと、年末年始入院患畜と急患が多いので、ちょっと亀をあずかってほしい、ということだった。ほっとした私は快く引き受け、しまってあったケージ（大型犬用、人間も入れます）を取り出してきれいに拭いたりとか、暖房を設置したり、床に置いてある危険なものを取りのぞいたり大忙しになった。

そして夫に運転してもらい、うきうきとして長やんを迎えにいった。

亀はものすごーく大きく育っていて、L．L．ビーンの大きなトートってわかりますか？　あれに入りきらないほどだった。それでも長やんはうちにつくとすぐ、前に住んでいた時のように家をてくてく一周し、私の手からキャベツを食べ、定位置で眠りについた。

私はなんだかそのいろいろおぼえている様子にじーんときてしまい、毎日亀のことばっかり世話していた。いそいそと小松菜を買いに行ったり、何回も寝顔を見に行ったり、歩いている後をついてまわったりして、何となく人生の空しさすら消えたような明るい気持ちになった。

この感じは……よくドラマとかで見る、息子の里帰りを喜ぶ母そのもの……。帰ってしまった後に開いているケージを見て涙ぐむところまで全く同じだった。そしてしょげるお母さんを見かねたお父さんに「また、帰ってくるさ。」と言われるところまでそっくり。

いったい私と亀の間に前世どういう因縁があるのかわからないほどだ。

占い師の友人にしみじみと「長やんがいなくなって心の灯火が消えたようなのよ……」と言ったら、「まほちゃんにとって長やんは何かなのよね……前から思ってたけど」と言われた。霊感？　じゃない、そのまんまだ。「もう、寂しくていっそ子供でも産もうかと思ったくらい」と言うと、「そりゃあ、長やんを取り返したほうが早いよ！」とアドバイスされた。アドバイス？　いや、そのまんまだ。というわけで寂しいながらも、今は二匹の犬が毎日股の間で寝ようとするので、股関節が痛いです。動物天国……。

あーあ、終わってしまったよクウガが……一月のある朝

大人になっても仮面ライダーを見ることがあるなんて、全然思っていなかったのに、人からすすめられてついつい見続けていた仮面ライダークウガ。ちょうど私くらいの世代のスタッフや役者さんたちが、子供の頃に見ていたあの感動を今

によみがえらせたい！　と思って作っている気持ちが強く伝わってくる力作だった。夢を持って、こわいことはこわく、面白いことは面白く、子供をばかにしないで、テーマはまっすぐに上を向いて主張、そういう心意気が伝わってきて、ものを創る現場にまだ活気があるというのが感じられて、嬉しかった。子供は絶対にだまされない。私の周りの子供たちはみんなクウガに夢中だったし、未確認生命体を本当にこわがっていたし、オダギリジョーをほんとうにヒーローだと思っただろう。ああいうのを創ってしまう人たちがいると思うと、どんな時代にも希望はあるな、と思う。

　この間代官山で道を歩いていたら、急に足止めをくらい、撮影があるからしばらくじっとしていろとのたまう。急いでるんだけどな、と思いつつ、撮影が大変な人たちの苦労を知っているので、協力してあげることにする。が、同じく足止めをくらっていたお嬢さんが「何の撮影なんですか？」とたずねたら、その足止め野郎は「まあ、広告みたいなもんですよ」とごまかした。まるで「そんなこと聞くな」と言わんばかりの態度だった。何様なんだろう、と私はまたもやおばさんくさく内心で怒ってしまった。まるで犯罪者をある線から入れられないかのように腕を広げ、険しい顔をして偶然にそこを通っている、用事があって歩いているだろう単なる通行人を押しとどめ、しかも何を撮っているかを教えられないときている。まあ、上から「騒ぎになるから黙っていて」とかなんとか言われているんだろうけど、そういうことだから、日本の芸能人が井の中の蛙になっていばりちらすようになるんじゃないのかなあ。そんなことだから、町の人が撮影に非協力的になっちゃうんじゃない？

よく知らないけど、他の国だったら「誰々が出ているこういう映画です」とか言わないと、みんな歩いてそこを通ってしまうんじゃないだろうか。そしてそれを聞いたら、はじめて、自分の時間をけずってそれに協力してあげたいと思うんじゃないの？

全く腐っている……。どうでもいいけど。

で、クウガに戻ると、なんとなく、あの作品に関わった人たちはそういうことが絶対ない、志が高そうな人たちで、終わるときにはスタッフがみんな心に何かいいものを抱えて終わっていったんだろうな、ということが伝わってきたのだった。殺人が多い、暗い、血なまぐさいなどいろいろな不評がお茶の間で出たとは思うけど、大切なことはその血なまぐささが何のためにあったか、子供たちがそれを見て何を心に残すように創られているか、だと思う。クウガはそういう意味ではすばらしい番組だった。何かを必死で創り、努力の分、何かがあらゆる方向からちゃんと返ってくる……そういう健全な姿を久しぶりに見たなあ。

私は熱狂的なファンなんかじゃなかったけど、十分いいものをもらった。ああいう作品こそ映画にしたりして、ファンに還元すべきだと心から思う。子供たちだって仮面ライダーどいつもこいつも全員集合！　みたいな映画だけじゃなくて、子供時代にしかない深い感動を得たいと思うし、それに応える新しいヒーロー像……現代にしかない悲壮さと明るさを持った……を提供した番組だったと思う。

いいものを見せていただき、ありがとうございました。そういえば先日対談した鏡リュウジさんも「徹夜明けに思わず見てしまって、ほんとうにこわくてどきどきした、あんなに面白いなんて、今の子供がうらやましい」と言っていましたよ。

三つ子の魂……忘年会にて

私の姉が小中学生男子のような下品さを持っているという話は前に書いたと思う。

姉には姉よりももっともっと下品なエッチ系下ネタばかり語るMさんという大親友がいる。

この人には夫がいますが、前にMさんとご主人が並んですわっている正面に初対面の大人の普通の人がすわった時「これは夫です、もちろん肉体関係あり、うふふ」と自己紹介していたのが記憶に新しい。いつも顔色ひとつ変えずにおそろしいことを言うのが特徴で、おととしの忘年会の時にも「その人特有の香りってあるよね」と言って無邪気に手の匂いなどをかぎあっている私たちのところに突然彼女がやってきたので「Mさんはやっぱり熟女の匂いかしらー！　かがせて！」と誰かが言ったら表情を全く変えずに「いいわよ、どっち？　上？　下？　前？　後ろ？」と各部位を指さしてほほえんでいた……。

去年の忘年会の時、私のいた席は男女入り混じっていたが、たまたまとても清らかな席だった。このはんぺんおいしいね、とか旅行楽しかったね、カラオケにまた行こうね、とか言い合って恋愛や音楽の話などしてにこにこ笑い、とても和やかなムードだった。

しかしふと顔を横に向けてみたら、となりの席はすごい組み合わせになっていた。メンバーの中でいちばんいやらしいとされているあるおじさんと、世界で一番エッチな編集者石原さんと、うちの姉と、Mさんが小さな声で、顔を寄せて、じっくりと話し込んでいるのだった。うわー、すごい席だ！　今ここで大地震があっても、この人たちはエロ話をやめないかもしれない……すごいことになってる……と思って姉をじっと見てみたら、すごい真顔で人差し指と親指で何かをはかる仕草をしている。耳を傾けると「ちんぽっていうのは……」という言葉が聞こえてきた。しかもなんだか濃密な、濃いムードが匂い立つように伝わってきたので、もう耳を傾けるのをやめた。

次の日姉に「世界最強のすごいメンバーだったね、何話してたの？」と聞くと、「いやー……石原くんが、すごいこと言うんだもん……すごい下品な……もう、口に出せないよ……」と言って遠くを見ていた。なんだか聞くのがこわくて、いまだに聞いていないのです。

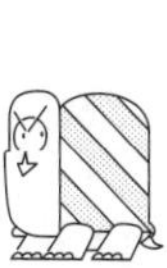

ある春の午後、新宿で

先日、原マスミさんと昼下がりのバーゲン会場でばったり会った。なんで会うんだろう？　とほんとうにびっくりして駆け寄った私。彼の手に握りしめられていたのはぐっとお得な値段になった海パンだった。いい場面だ。

それからお昼でも食べに行こうということになって、新宿のとあるビルの最上階あたりの店に行った。ランチ千円!!

しかしそのパスタの量と油っこさときたら。人類がそんなに同じ味のものをえんえん食べることは不可能ではないかしらという量だった。かなり大食いの私でも半分くらい残すほどだった。もうお昼は食べたよという原さんに「つまみにどうぞ」と取り分けてもまだなくならない。これがコーヒーとデザートとサラダ付きでたった千円というのは、なんだか間違っているような気がする。こりゃ、もうおばさんだからだろうか？

とにかく私はかなり長い間、お昼はうちでつくって食べていたので、ランチ浦島になっていたのだった！

最近は夫がわりと遅い時間に昼休みをとるようになったので、ちょっとでかけるついでにいっしょに食べることが多くなり、現代のランチ事情をやっと知ってがくぜんとなった。お金を払って相応のものと交換するという原理が完全にこわれている。Tシャツ百円とかに通じるこわれ方だ。だって、綿の布だけ買っても百円以上はするはずでしょう？　なぜ？　どうしてハンバーガーが六十五円でいいの？

そしてこの世に蔓延するおいしいもの情報のすごさ。食べることに費やす時間とお金の多さを物語っている……。

私は食べるのが人一倍好きだ。おいしいものを好きな人たちと時間をかけて食べることはすばらしい、人生の最高の幸福のうちの一つだと思う。空気や環境は自分だけではなんともできない。でも、体に入れる食べ物だけは、自分で選択することができる。そういう意味でも食べることに対してはいろいろ思うところがある。でも、食べることが一番の目的になったらそれは人ではない、動物だ。いや、うちの犬や亀でさえ、食べる喜びは散歩と競っている様子なので、犬や亀に劣る存在になってしまう。

現代は食べるためにものすごく苦労をしなくていい時代だ。

アーサー・C・クラークが「昔に戻って自然な暮らしをしたいとかいう奴はタイムマシンで行ってみろ！　その不潔さとかおそろしい環境にびっくりするのがおちだ」というようなことを言っていたが、ほんとうにそのとおりだと思う。消毒薬があって、解熱剤があって、外科手術ができる……それだけでも感動に値する。死ななくていい人の数がどれだけ増えたかと思うと人類はすごいと思う。

そして、食べ物を手に入れることが生きるために一番重要だった時代、それに比べたらほんとうに今はすばらしい。

でも「一番したいことは？」と聞かれて「おいしいものを食べること」という答えを聞くと、私は、どうしてかげんなりしてしまう。他にやることがあるだろう！　とどうしても思ってしまう。それが一番楽しいことだなんて、なんだかいけないという気がする。が、この答えはまずいことに老若男女問わずにわりと多い。

この間、作家魂炸裂青年の井出くんとスリランカカレーブッフェみたいなやつに行った。すごくおいしいのに安くて、ふたりは大満足。ちゃんとスリランカ人シェフが作っていた。井出くんはシェフに「スリランカでは牛の肉は日常的に食べているのか」と質問をし、私は生まれて初めて食べたライムのチャツネにはまりこんだ。さんざんおかわりをして、コーヒーも何杯も飲んだ。

それでもふたりは約束するときにこう言っていたのだった。

「どこのバイキングに行こうか！」

「新宿だからヒルトン？　それとも……。」

「楽しみだね、でも食べるために会う訳じゃないからその時に考える？」

「そうです、会って話をするために会うんだから、食べ物は二の次だ。」

なんだかこういう会話自体が昔風な感じさえする。

私はお金にはけちではないけど食べ物にすごくうるさいから、外食するときに絶対味の面で損をしたくない。そして「誰と会うか」が「何を食べに行くか」よりも絶対に大事だ。そういう考えで生きていると、当然のように外食するときはおいしいものか自分ではつくれないもの（揚げ物とか寿司とか）しか食べないことになる。だからといって値段は高いとは限らない。安くていいものもたくさんある。すごく高くておいしいものもある。とにかく値段よりも自分の基準を大事にしてきた。いやしいのでその厳しさには自信がある。食材を大事にしてない、くだらないものでおなかをいっぱいにするのがいやなのだ。

たまにつきあいで普段行かないたぐいの店に行くことがある。言い方は悪いけど、中途半端な値段で自分でもつくれるものを食べさせるちょっとおしゃれな店だ。そこでみんながおいしくもない油っこいものをがつがつ食べている様を見ると、どうしても浮かんでくるのは「家畜」という言葉だ。なんだか日本の社会がどうしようもない状態なのを、安い食べ物を雰囲気でごまかしてふんだんに与えることで、ごまかされているような気がするのだ。どんな外国に行っても、こんな中途半端な店がたくさんあるところはない。

ＫｕｕＫｕｕの高山なおみさんとか、パトリス・ジュリアンさんとか、知り合いにこの状況を憂いていい店をやっている頼もしい料理人はたくさんいる。魚柄仁之助先生みたいに、食から人生を説く本も売れている。だから、私の思っていることはちょっと考え過ぎで、世の中はだいたいまともなのかもしれない、でも、なんだか好きになれないのだ。死んだ目でまずいものをかきこんでいる人々の表情が。

肉は動物で、野菜は畑からきていて、料理は人間が考えてつくっているっていうことを忘れてしまった感じが。

自分で安くもっとおいしくつくれるものを、さほどすばらしい環境とサービスでもない場所で食べてお金を払うということが。

例えば、前述の井出君は安く環境のいいところで小説をがんがん書いて音楽も楽しみたい、だから数ヶ月体を鍛えながら工場で働いてお金をため、インドにしばらく住むことにした。

これってなんの矛盾もない。計画通りに進められるかどうかは本人の問題だとしても、なんの複雑さもない。でもこれがむつかしいのが現代の日本の特徴だと思う。

彼はカップラーメンとかでおなかを満たすのがいやだったので、豆腐やひじきや野菜やシリアルを自分で買ってきて、自分なりに栄養学の勉強をして筋肉もつけたし、お金も節約してちゃんと数十万円ためてインドに旅立っていく。

そして「ひまだからって寝る前にスナックとか食べちゃうのは集中力が敗北する瞬間なんだ」というようなことを彼は言っていた。ここまで思想をもてるかということとは別に、したいことがあって、そのために働いて、実現させる……こんな簡単なことにむちゃくちゃに雑音が入ったり、小さな欲望で大きな夢をごまかすようなことがたーくさん、うんざりするほどあるのが、今の日本だと思う。

ヴィトンのバッグを買う十数万円で、ランチを食べる千円を節約したお金で、自分の人生に何を増やせるか、そういうことを考えようとするといろいろなくだらない欲望の渦が日々無意味にどんどんかきたてられて、何が何だかわからなくなって目先の欲望に金を払ってしまうように社会はうまくできている。

しかし！　お金はためればちゃんとたまるものだし、何に使うかは自分の頭で考えることができるのだ。消費社会のわけのわからないビジョンにごまかされてどうするのだ……。まあ私も質屋みたいなところでエルメス衝動買いしたこととかいっぱいあるけどさ。

せめて同じ千円出すなら、量ではなくて出す食べ物に誇りを持つ店に使おうよー。同じ鞄を買うなら、自分のライフスタイルに合わせて買おうよ……どこに持っていくの？　その鞄を。いつはくの、そのパーティ用の靴を。なんでワンルームに住んでいてシャネルのバッグ置いてあるの？　東京しか走らないのになんでまたそんなでっかいタイヤの４ＷＤが必要なの？　コンピューターと携帯どんどん買い換えてもできることの大筋はどう違うのよ。それはあなたの人生に必要な機能なの？　そのお金と時間はもったいなくないの？　もちろん好きに生きていいんだと思うけど、何が何だかさっぱりわからないのだ……。

　などと熱くなってしまうのは、やっぱり私がものすごくいやしんぼだからだろう。いやしんぼにしかわからないこともある。

本当のことだった！　ある日の実家で

　ある日実家に行ったら、ソファの脇のマガジンラックになぜか『藤あや子写真集』があった。姉にたずねると、出版社の人がくれたのだそうだ。

姉「なんだかぼんやりしてて毛もほとんど見えやしない！　乳首だってほとんど

見えないしさ、腹が立つったらありゃしない。」

これはこれで四十代女性の正しい感想とは言いがたい。

母「なんだか芸術って感じでもったいぶっているのよ！」

これもまた七十代女性の感想にしては辛口だ。

そして父がぽつりと言った。

「いや、お年寄りにはたまらないんじゃないかな……。」

ん？　お年寄りって誰ですか？　と思い、私はたずねた。

「お父さん、それは自分のこと？」

すると父はためらいなく答えた。

「いや、深尾のことだよ。深尾くらいになると、はっきりと見えていないほうがさ、何とも言えなくいいんだよ。」

ちなみに深尾さんというのは父の親友のおじいさんだ。

よく自分のやった恥ずかしいことを「友達から聞いたんだけど」とか「友達の

話なんだけどさ」とか言う話し方で人に話すという話を聞くけど、現実にはなかなかお目にかからなかった。だから「耳から出た糸をひっぱったら失明」とか「サーフボードが頭に当たって目が飛び出た」とかと同じように「実際にはなかなかない、たとえ話」として受け止めていた。しかし、今、なんと身内がそれをやっているのをこの目で確かめてしまった。本当にあることなんだ！　と私は驚いた。

しかしお年寄りって……。

どう考えても自分じゃん……。

そして深尾さんも気の毒だ、七十過ぎても藤あや子のヘアヌードについて、そんなぬれぎぬを着せられているのだから。

読書の秋？　いや春の日々

私のところにはいつだって、そしていつまでも、いろいろな謎の本が送られてくる。『アムリタ』を書いた頃なんて、もう何が何だかわからなかったほどだ。みんながこの宇宙の仕組みを説いているのは頼もしいけど、あまりにもある一定のレベル（しかも、気のせいかもしれないけど、なんだか低いような気がする）に沿ったものが多すぎるようだ。インチキ版スウェーデンボルグとでもいうかなんというか。ある日急に頭の中がどうにかなってしまい、この世の仕組みがわかったような気持ちになることは私にもある。でも、それを本にしようとはやっぱり思わない。それは「どういう人かまだよく知らない年上のエロいお姉さんへの恋心に燃え上がる童貞中学生男子の語る真実の愛」のようなものなのではないだろうか。それほど切実だが信用できないものはない。それにそういう本の中であんまりよくない本は、どんなにすがすがしい装丁でもなぜかまわりが暗く見える。印象としては、どぶ川とか幽霊の出る場所とかそういう感じ。波動が低いというか（いつもこの波動、という言葉を聞くと私は不謹慎なことに宇宙戦艦ヤマトの先っちょが浮かんできます……世代的なものでしょうね！）。私には超能力はないけど、本というものが好きだからわかってしまうのでしょう。

それでも行動的な人の本はまだ明るい気持ちで読める。安田隆さんの本にはそうやって送られてきたのがきっかけで出会ったけど、とてもいい出会いだったと思う。

彼は何冊か「気軽にできる気の本」みたいなものを出しているしそれで有名だけれど、私が一番好きなのは一番読みにくい『波動干渉と波動共鳴』というたま出版から出ている本だった。送られてきた時はタイトルを見て「うわあ、またとんでもない本が送られてきたぞよ」と思ったけど、読んでみたらすごくいい本だった。彼みたいに、自分が毎日悩める人に会っていろいろ考えているような実践派だと、本に書かれている言葉に地に足がついた力を感じる。

そういうタイプの実用本でいい本だなあ、と最近思った本は、『心の治癒力』トゥルク・トンドゥップ著（地湧社刊）。これだけの文章の力があれば、読む人にチベット仏教のあまりにも実際的な技の数々がはっきりと伝わるだろう。小説を読むような鮮やかなイメージ喚起力。美しく流れるような文章、確信と自信。「なになにしなさい」と命令口調で書いてある部分に心が素直についていける本はとてもめずらしい。

そんな日々の中で、斎藤綾子さんが他の性の強者のお姉さんたちと鼎談している本もぱらぱらとななめ読みした。やはり、斎藤さんはすごい。なんだか男らしいほど。かっこいいしすがすがしいとさえ思えるほどだ。なんで私はこの路線を歩まなかったのでしょう。きっと何かが足りなかったんだ。

一番おかしかったのは風俗嬢の人が「毎日いろいろ入れているうちにけつの穴が大きくなってしまったお客さんがいた」という話をしているくだりだ。一番大きなバイブレーターでは全然足りず、最終的には腕が四本入って、でもまだ隙間のようなものがあったというようなことをその強者風俗嬢のお姉さんが語ると、斎藤さんが「それってだんだん肉体が変化していったんだ、マイヨールと同じじゃん」みたいなことを言うのだが、私は喫茶店で読んでいたのに思わず吹き出してげらげら笑ってしまった。

その後春菊さんの新刊を読んで、深刻な顔でお茶をすする私。

近所の喫茶店の人たちが自分をどう思っているのか、時々考えてこわくなる、紙一重の私。いや、そんなことない、自意識過剰なだけだということにしておこう。

雨の中即身仏を見る

一泊旅行に行って、帰りに寺に寄って即身仏を見た。

どこだとは言いにくいので伏せるが、参拝したのに、生の坊主もその場にいるのに、お経はテープだった。うやうやしく幕が開いて、前かがみの即身仏が出てきた。手には数珠。果物や笹の葉の芯を食べて、身体が腐らないように何年もかけて調整していくのだそうだ。考えただけで大変そうだ。死んでからとにかく内臓を取り出して突貫工事で作ってしまうエジプト（気候も違いますものね）とは全然考え方が違ってる。

昔、瀬戸内寂聴先生と対談したとき「断食はほんとうにつらい、想像を絶するつらさで、自分の中の餓鬼を見た」と先生がしみじみ語っていたのが印象的だった。食べ物のことしか考えられなくなるそうだ。そのあとで同じ口調で「セックスがなくなったら男と女はおしまいよ、別れたほうがいいわ」とおっしゃっていたのは、さすが作家。

しかし大雨でしめった空気の中でミイラの粉を吸ったせいか、母の咳がとまらなくなりすごくこわかった。

帰ってから、チベットの医学学校に行ったことがあるという旅の師匠、澤さんにメールで聞いてみたら、チベット仏教では即身仏はただの抜け殻であるということだった。では私の買った「即身仏の身につけていた衣お守り」はいったい……。単なる死体をくるんでいた布？

いずれにしてもそんな死に方をしてまでこの世を救いたいという努力に対しての敬意は失われることがなかったが、お守りは！　だんなにまで買ってきたお守りは？

でも、さきほど述べた『心の治癒力』という本の中には「息子が仏の歯だと嘘をついて母親に犬の牙を渡したが、母親は心からそれを信じて信仰の対象にして祈り続けた。するとその牙からは不思議な兆しがあらわれ、彼女の死の時には高い霊的達成を示す虹の光が死体にかかった、だからイメージの力はものすごく助けになるのだ」というようなことが書いてあったので、とりあえず大切にしよう、その二ミリ四方くらいの小さな白い布を……。

澤さんのメールには「笹の葉……パンダも即身仏になるんやろか？」と書いてあったけど、それは、違うと思う。

冬虫夏草について考える、晴れた午後

昔、知り合いのところで健康食品を扱っていたらしい時期があって、その会社に立ち寄ったら働いていたくぼめちゃんが、何かえげつないものをしごいていた。虫のような、きのこのようなもの。節があって、からからに乾いていてなんとなくまたもやミイラテイストありのもの。

「いやだけどさあ！　これを一本ずつ拭いて汚れを落としてるんだよね……」と彼女は笑った。

それが冬虫夏草だった。いちばんはじめにその存在を知ったのは、白土三平の世にも後味の悪いマンガでだった。地中のミミズみたいな虫にキノコが寄生して

一体化したもので滋養強壮にいいという話だったと思うが、うろおぼえなので間違っていたらごめんなさい。

去年疲れ切って体調を崩していたら、文藝春秋社の平尾さんというすてきなおじさんが「冬虫夏草を送りましょう、高橋尚子さんも飲んでいたらしいですよ！そして、夜の生活がすごくなるらしいですよ、ひひひ」と言っていくつか送ってくれた。なんとなく恐ろしくて飲んでいなかったが、そうこうしているうちにまたもや私の人生に冬虫夏草があらわれた。

アメリカに住んでいる知人の占星術師、香さんが一時帰国していたので、ホテルにたずねていって観てもらったついでに、お互いの体質が虚弱であるという話をしていた。彼女は言った。

「冬虫夏草を飲むようになってから、お昼寝しなくても大丈夫になりました。」

その表現はずきっときた。私は一回出かけるとすごくだるくなって、ちょっと寝ないと再度出かけられない。無理して寝ないであちこちに行くと必ず熱を出す。

親もそうなので、虚弱体質は遺伝なのだと思う。

「朝鮮人参が合うタイプの人と、冬虫夏草が合う人と、二種類いるみたいなんですよ。で、私みたいに、虚弱なんだけどエネルギーがないわけではなくて、ハイパーで、動ける時もあるようなタイプには、冬虫夏草が合うみたいです。そういう人が朝鮮人参を飲むと、血がのぼったり、肩が痛くなったりするらしいんです。」

それにもずきっときた。私は前にしばらく朝鮮人参酒を飲んでいたが、どうも変に顔が熱くなり、首や肩がつまる感じがしたのでやめてしまったのだ。

香さんが、ためしてみて、と気前よく冬虫夏草をくれたので、飲んでみた。するとたしかになんとなく昼寝をしなくてもいいような体調になってきた。そこで平尾さんのくれたのも飲んでみた。なんだか健康な気分になってきた。暗示だろうか……。

新聞広告などを見るとやはり「天然のバイアグラ」とか書いてある。私には特にそういう効果が認められない。ためしにだんなに飲ませてじっと観察してみたら「たまらなく眠くなってきた」と言って寝てしまった。おかしいなあ。

栗本さんとミミズ

ある日、実家に帰ったら、父が栗本慎一郎さんの本を見せてくれた。脳梗塞で倒れてまひもあったが、奇跡の復活をしたのはミミズからできている薬を飲んだからだという内容だった。

父も栗本さんに強くすすめられ、その薬をもらって飲んでいるという。持病の糖尿病にはどうだかまだわからないが、便秘がすっかり治ったから飲み続けてみようと思うと言っていた。

そこまで言われると、飲んでみたくなるのが人情というものだろう。

見るとそれは、透明なカプセルに入っているどう見てもミミズ色の粉。赤茶色い、あの見慣れた色。

いやだなあ、と思いつつぐっと二個も飲み下してみた。

すると十五分後くらいから顔が熱くなってきたのだ。顔が熱くなって、それがひいていって、その後はなんの変化もなかった。だから、どういうものなのかよくわからない。でも、異常に顔が熱くなったのだけは確かだった。しかも決して悪い感じではなくて、血のめぐりがよくなったような感じ。

何ものにも特有の効き目というのがきっとあるのだろうし、それは個人差がすごくありそうなことだから、自分で実験していくしかないのでしょう。自分の体の調子がどう変化していくかは、自分にしかわからないから、注意深く観察するしか手はない。

しかし、プロポリスを飲み続け、冬虫夏草を飲み、ミミズにまで手を染めている私は、もう虫界に足を向けて寝られません。

スーパーについて考える、ある秋の日

ある日、実家に帰ってみたら姉が「これっていくらなんでもすごいと思わない？　こうやって売っているんだよね。」と言って「マグロフライ」とか書いてあるパックを持ってきた。

からりと揚げた感じの魚の切り身が、いくつか並んでいた。

「なんで？　これの何が変なの？」

と私は言った。

「単なるおそうざいなんじゃないの？」

「よく見てみなよ、その形を。なんとなく知っている形じゃない？」

姉は言った。

私はよくよくそのフライを見ていた。するとなんとなく、そのフライが揚げられる前の姿がぽやーんと浮かんできた。

「わかった！　これの前身はマグロの刺身だ！」

私は言った。

「そうなんだよ、昨日売れ残ったマグロの刺身をこうして売っているんだよ。いくらなんでも露骨すぎない？　この間なんて、鰺の干物の売れ残りをフライにして鰺フライとして売っていたけど、干物の味がしてたよ。まあ、いいんだけど、猫のおやつとして買ったからさ。」

姉は言った。

ちなみにそういうスーパーは、近所にできてほしくない。うちの近所でもこのあいだ、みょうががもう袋の中でじっくりとみょうがジュースになってしまった姿で平気で売っていたけれど。だからもうこわくてそこには行かないんだけど。うなぎも腐っていたし。夜中までやっていなくていいから、鮮度に気をつけてほしい。だって、みょうががジュースになるまで冷蔵庫に入れたことがあれば（ありますけどね）、どのくらいの日数がかかるかわかるだけに、ぞっとする。

その後、母が「珍しいものを見せてあげよう！」と言って、いただきものの箱を持ってきた。見てみると、それは、よくセブンイレブンのレジの後ろにこっちを向いて並んでいる亀田のおせんべいで、なんと箱の上の部分が、中身が見えるように透明になったままで、しかも「亀田あられ２０００円」と書いてある札がばっちりとこちらを向いている。

つまりレジで見るあの姿のまま、ただ包まれてうちに来た、と。

たぶん、レジの係の人がおばかさんで、普通は値札をとって箱を閉めて包装するべきところを、ただそのまま、ありのままに包装したのだろう。

「持ってきた人が『気のきいたものを買ってくるひまがなくて、近所でつまらないものを買ってきました、すみません』って言っているから、なんだろうと開けてみたら、こんな面白いものだったのよー！」

母は言った。

その人も、まさか包装の下がそんな気のきいた状態になっているとは気づかなかっただろう。あんなもの初めて見た、確かにすごく珍しい。

あれから、お中元のシーズンにレジの後ろに並んでいる値札つきの進物を見るたびに、それを思いだして笑ってしまうのだった。

超能力そして新しい店舗の開店

ある日、マルタ島から帰ってきたら、駅の近くのパン屋が取りこわされていた。二階のレストランのランチが驚異的にまずかったそこ、サラダバーがもうエジプトの考古学博物館で見た野菜みたいにミイラバーになっていたあの店……がいったい何になるんだろう、と私はけっこう楽しみにしていた。

近所の友達がすぐに教えてくれた。

「ああ、あそこはドトールになるんだってよ！」
そうなんだ、と私は納得し、家に帰ってから夫にクイズを出してみた。
私「さて、超能力クイズです、私たちがマルタに行っている間に、駅前の……がなくなりました。次にできるのは何のお店でしょう！」
夫「そんなのわからないよー。」
私「今から私がイメージを映像で送りますから、それを受け取って当ててください……。」
そして、必死でドトールの看板をイメージしてテレパシーを送る私。目を閉じて受け取ろうとする彼。ひまな二人だ。
夫「うーん、黄色と黒が見える！　英語の名前だ！」
私「おおお！　すごい！　で、答えは？」
夫「わからないー。」
なんでそこまでわかってしまうのに、店名がわからないのかのほうが、よっぽど不思議だと思う。

ある晴れた午後、竹井『情熱大陸』スペシャル

奈良くんに会ったら、リトル・モアの社長、竹井さんを追うドキュメンタリーの取材を受けた、と言っていた。

「竹井さんが後ろからライトやカメラを背負って追ってくるんだよ〜」と言っていた。

私も竹井さんとは長いつきあいなので、取材を受けることにしたら、本当にそうやって登場してきたので、笑い出したくなってしかたなかった。

しかも「よしもとさんの感性で、なるべく自然に」とまで言われていた。私の感性……。この連載をしているこの感性？

だいたい打ち合わせなんてすることがないのだから、向かい合っても話すことがあるわけでもない。やらせとまでは言わないけど、TVって、そういうものな

んだなあ。

撮りたい映像に人が合わせていくのだった。あっちからしゃべりながら歩いてきてください、とか。おかげで私の青山はもう竹井さんとデートした思い出でいっぱいだ。

そう考えてみると、本当に本物のドキュメンタリーって、きっとすごいことはなかなか起こらないのかもしれない。だから、そのことにそんなに反感は感じなかった。だいたいTV カメラ前で普通にしていられるのはプロだけだし、素人はあるていど形をつけてもらったほうが、やりやすい。

この間、やはり情熱大陸でフィギュアスケートの人が妹とまじでけんかしていたが、考えてみるとすごい。絶対できない。高橋尚子さんが『トップランナー』で好きな言葉の中に「食べ放題」をあげていたのもすごい。スポーツの人たちってあなどれない、すてき。

私も、いっしょに出る川内倫子さんと「私たちとごはんを食べていて、竹井さんが急に切れてテーブルをひっくりかえして、私たち泣きながらあやまって、竹井さん私たちの耳をつかんで店の外で殴るける、海外に売り飛ばす……っていう映像を提供しようか。そこに葉加瀬太郎の音楽がかぶるの……」と話し合ってもみたけれど、そんなの放送してくれないだろう。

竹井さんは昔よりもちょっとやせていて、ジャージの生地が昔よりほんのちょっとよくなっていて、パンチの上の方が金髪になっていて、靴は紫だ。

し、出世している。

竹井さんとはいっしょに「熱湯コマーシャル」に出たことがある。

皮の短パンをはいたあやしい私、パンチでジャージの竹井さん。

その時はなぜか竹井さんの奥さんも赤ちゃんもいっしょだったし、うちで働いていたナタデヒロココとしーちゃんもなぜかはちきれそうなバニーガールになって出てくれた。そして陽子ちゃんにいたっては「私はおやじでいくわ」と言って

（なんだかよくわからなくて止めようもなかった）、ももひきとラクダシャツとハンチングとひげで、ぼうっと立って出てくれた。

ダンカン「あの人はなんですか？」

私「あれは、おやじです」

後ろにいた藤井フミヤさん「すげー、あのバニーのけつ、すげー！」

熱湯コマーシャルの数々の放映の中でも、いちばん意味不明のグループだったのではないだろうか。

竹井さんは熱い湯に一秒ほどつかって飛び出してきた。

その時、ＴＶの前にいた町田康夫人、敦子さんが「根性なし」とつぶやいたというのは有名な話である。

もう一回入っていいから、まわりの人は竹井さんが出ようとしたらようしゃなく止めてください、とダンカンさんが言ったので、竹井さんが入ったとき、私は風呂をかきまわす棒でせいいっぱい押してみたが「おまえら俺を殺す気か〜」と言って竹井さんは七秒ほどで飛び出してきた。

いつも絶対に作家への敬意を忘れず、私が二時間遅刻した時も「よほどの事情があったんやろな」（実際あったんです、犬が急病でした）とすませてくれる彼が作家を「おまえ」呼ばわりしたのはきっとあれが最初で最後だろう……。ふたりで七秒だけ本の宣伝をして帰ったっけ。

あの頃は、みんな本当に何も知らず、傲慢で無謀だった。そういう時代を共有しているということは、もう今更気取ってもしかたないということだ。

よく考えてみたら、いきなり独立してひとりで出版社を作るというのもすごい考えだし、なんだかんだ今まで続いているというのもすごいことだ。そして私も特に引退することもなく、こつこつと続けている。

このふたりの場合、作品が間に入ってひかれあったということはまずないから、やっぱりお互いの人格を信頼しあって、ということに、多分、なるのだと思う。

いっしょにNYに行こうとしたら奥さんがいきなり結婚もしてないのに妊娠しちゃって来られなくなって、空港での涙の別れを見てしまったり、いっしょに車に乗っていたら焼き芋屋の屋台にぶつけて「なんや！」の一言ですませたことと か、ゴールデン街に飲みに行って「やっぱり子供はひとりはほしいかな」なんて女の子同士で言っていたら「子種ならやるで！　すぐにでもやるで！」と言われたことも。

ポール・オースターの息子さんが重いテーブルを運んでいたらしっかりと日本語で「てつだったる」と言って、すぐにはじっこを持ってあげていたっけ。

しかしポール・オースター、竹井さんを何だと思っただろう……。ジャパニーズ・やくざ？

そして数年前、展覧会で久しぶりに会ったというのに、陽子ちゃんなんてパリから数年ぶりに帰ってきたというのに、竹井さんは挨拶もそこそこにいきなり浅野忠信が表紙の『SWITCH』を出してきて「俺って、浅野忠信に似てへん？」

と遠い目で言った。私と陽子ちゃんはまるで洗脳されたように「うん、なんだかだんだんそんな気がしてきた」と答えたっけ。

まともなことをちょっとだけでも書くと、竹井さんのすばらしいところは、世の中のきびしさをちゃんと知った上で、出版に関わっているところだと思う。あたりまえだけれど、たいていの人は出版界に就職してから初めて世間を見るわけだし、作家は作家になってからその仕事を通して成長していくわけだ。

でも竹井さんは小さい頃からあらゆる差別に耐え、差別される側の痛みとその強さを武器にしている。そしてさまざまな職業の人を見て、いろいろな角度で世間を見てきた。だから、基本的な、最後のライン、人として男としてゆずれないラインが命がけで確立されているのだった。あのリスキーな外見も、それで得られる利益率との計算でなされているのだと思う……思いたい。だから、安定感がある。やくざに守られているという安定感というよりは、人として根性が座っているという安定感だ。奥さんが美人なのもうなずける。

私は下町の出身なので、ああいう外見でもちゃんとした人とそうでない人っていうのは何となくわかる。

ああいう外見でちゃんとしている人っていうのは、日常の生活や趣味や収入を得る方法はいくらへだたっていても、果てしなくちゃんとしているのだ。サラリーマンのほうがよっぽど下品な場合が多いのだ。

竹井さん、本当に尊敬しているし、ほめているんですよ。だから、交通事故とか訴訟の時はぜひ、助けてくださいね。

私はそれがわかったからこそパンチで雪駄のあの人と偏見なく仕事をしてきたのだと思うけれど、彼にとって根性の座ってない人たちはもう、取るに足らない人たちなのだということもすぐによくわかった。だから、この自分をお金のためだけではなく選んでくれたことが、嘘の人間関係に翻弄されていた私にとって嬉しかったのもよくおぼえている。

いっしょにジャズクラブに行ったけれど、あの時、私と陽子ちゃんはやっぱりアメリカ人から見たら、やくざの情婦にしちゃあ、色気がないなあ、という感じだっただろうな。

竹井さんに何回か彼氏を会わせたが、いつもすごく冷たい。

いつも彼氏をにらみつけ、ろくに口もきいてくれない。

お父さんみたいだなあ、と常日頃から思って聞いてみたら「だってどうせそいつじゃ無理なの、一目みたらわかるもん」という答えが返ってきた。

今度夫を会わせてみようと思う。

真実の口よりもおそろしい、基準は彼の勘のみだ。

でも今までの彼氏とは結局別れているので、当たっているのかもしれない。リトル・モアにて働くみなさんは、結婚を決める前に彼氏を竹井さんに見せるといいと思います。

川内倫子さんが写真そのものの美しい口調で「その指輪の石、なんですか？」

と私に聞いた。私は小説そのものの神秘的な口調で「これはダイヤだよ」と答えた。そして竹井さんはいきなり「だったら売りにいこ！」と言った。

すばらしき、『情熱大陸』のロケよ。

そして竹井さんよ永遠なれ！

いらいらすることとかいろいろ、冬のある日、温泉ホテルのレストランにて

いつも思うのだが、どうして、温泉のごはんって、あれほどまでに中途半端なんだろう。お台場のショッピングセンターみたいだ。あってもなくてもいいようなものにお金を使うなんてもったいない。この世は安くていいものか、高くていいものか、どっちかだけでいいと思う。中ぐらいの値段で質の悪い、偽の高級感を持っている、しかもコピーもの、それがいちばんいやだと思う。

親の世代だったら、すごくわかる。品数が多くて、華やかなものがちょこちょこ出てくる、それだけですごく嬉しいっていうのが。でも、その親の世代だって今となってはもうおいしいものをたくさん食べている。

おいしい米のごはんと、つけものと、簡単なおかずだけでもうみんな充分その贅沢さがわかる時代になっていると思う。もしもいい材料の鍋と、地元のめんか何かだけだったら、どんなにいいだろう。そしてこの世から無駄な消費がどれだけ減るだろう。

いつもながら食い物に関してうるさくてばばくさいが、私の言っていることが贅沢だとは思わない。台湾とか下町では安い上においしいものが山盛り食べられるのだ。雑誌に一回も出たことのないおじさんおばさんが何十年もかけて自分だけの味をていねいに追求しそれを安く売っているのだ。

うちの近所のむちゃくちゃ高くつく、おしゃれ居酒屋風の内装のしゃぶしゃぶのチェーン店よりも、江古田のうすっぺらい肉しか出てこない激安のしゃぶしゃぶ屋のほうがずっと野菜は新鮮だった。

真っ赤なまぐろの解凍さしみを、安いきんぴかの器に盛りつけて出す、それこそがなんだか貧乏だよ〜、と思うのだった。

でも店とか宿って、私みたいに「おいしいものが好きな人」だけがやっているものでもないので、あきらめてはいます。行ったほうが悪いのだと。

でも、そういうものをずっと見ていると、なんだか悲しくなってくる。そこの露天風呂には滝がちょろちょろ流れていた。滝の水はとても透明で、百年近く生きているだろう木の根っこをやさしく洗っていた。そしてその下にはしっとりとした苔が鮮やかな緑色でつやつやと光っていた。苔の先からは絶えずきれいな滴が落ちていた。

あんなすばらしいものを保存して、毎日見ている人たちがなんで食に関してこんなにも貧しいんだろう？　とついつい思ってしまうのです。

とその朝、化学調味料にまみれたおつけものを食べながら私は思っていた。

すると、後ろのおじさんが大きな声で、

「ほら、やっぱりあれだね、船橋屋の芋ようかん！」

「あれうまいよね〜、船橋屋の芋ようかんね！」

と言い合っている。

私と、浅草出身の陽子ちゃんは、もうテレパシー能力がはりさけそうなくらいに「船橋屋は別の店、それは、ふ、な、わ！」と心で叫んだが、話しかけて長くなるといやなので、じっと耐えた。

似たことが数年前にもあった。

飲み屋の私の後ろの席で、男の人たちが話し合っていた。

「ハーブを取りそこなって……」

「あの蜘蛛みたいなやつが……」

「ヘリが……」

きっとバイオハザードのことを話し合っているんだろうな、とすぐにわかったのだが、その人たち、酔っぱらっていたのか、どうしてもゲーム名を思い出せない。いつまでも「バイオハザード」という言葉の近くをさまよっていた。私はゲームなんか全然しないのに、なぜかそのゲームのことはくわしく知っていた。当時のボーイフレンドが熱心に取り組んでいたからだ。だんだん私はいらいらしてきて、つい、ささやき声で「バ・イ・オ・ハ・ザー・ド」と言ってしまった。

すると、後ろの席の人たちがしーんとして、そのあと、私の背中に向かって「ありがとうございます！」と言った。私はほとんど振り向かずにちょっとおじぎをした。お互い笑顔、彼らもすっきり、私もすっきり。

めずらしくうまく行った例であった。

春たけなわ、スピリチュアルな私

私は昔、音楽の人と同棲していたので、よくライブハウスに行った。

ある夜、かがんでビールを飲んでいる私の目の前にどんとさんが立った。あまりにも楽しそうにおしりが揺れていたので、ちょっとだけさわってみた。彼は気づかなかった。そしてますますにこにこして踊っていた。私の彼氏のギターの音色が彼を踊らせているのが嬉しかった。

そして、それが生前の彼との、最初で最後の出会いだった。

私の人生にどんとさんは間接的に何回も顔を出した。いっしょにローザ・ルクセンブルグというバンドをやっていた玉ちゃんとはよく飲んで共に歌い「君全然音程合ってない」と言われたものだ。そしてゼルダのメンバーとも、会ったことがある。さちほさんとどんとさんが結婚したと聞いたときも、なんだか嬉しかった。

私はつらい気持ちになるとよくローザのCDを聴く。それからどんどんとさんのソロのCDも聴く。ライブ盤が多くて録音はたいていむちゃくちゃなんだけれど、そのぶん曲と詞の力がダイレクトに伝わってくる。

そして、東京って変なところだな、と思う。例えば住んでいる町に、すごいギターや歌の名手がいて、それをちょっと聴きに行って、近くでその才能に触れて、あまりのよさに大満足して飲んで帰って寝る、そういうことがどうして東京ではなんとなく「マイナーでアングラなこと」に分類されているのだろう？　と。だってすばらしいことじゃない？

それはストーンズとかジェフ・ベックとかエルヴィス・コステロ（なんかたとえが変……）が来日したのでチケットを買って行きました、っていうのとは違う楽しみ方として存在してもいいのではないだろうか。

もちろんしてはいるのだろうけれど、なんだか、うまくまわっている感じがしない。気のせいだろうか？

沖縄とかハワイとかでは、そういうすてきなことが気楽にあるようだ。庭に集まったのでセッションしちゃいました、っていうようなすてきなこと。「うわー、今日ここにいて得した！」ということ。それはアングラなのでもマイナーなのでもなくて、人生の喜びだと思う。誰も恥ずかしいと思ってなくて、自信があって、聴いた人も大満足。それを大きなお金につなげるといういやしさもない。

逆に、大きなお金につなげることに興味がない人が、気持ちよく、誇り高くいられる。

やっぱり自然がなくて、音楽を演奏していい環境が常にお金がかかるところっていうのが、きっと東京のいやなところだなあって思う。

だいたい順番が間違っているというか、速いというか、まず、庭規模でセッションがあって、それをいいという人がじわじわ多くなって、そして、人数が多すぎて庭ではできなくなって、お金でチケットを売るようになって……という順番なはずなのに、それを速回しした枠にむりやりはまってプレッシャーで自爆していく人たちがどれだけいるんだろう。

ふつう程度の音楽好きだったら、一生に一曲いい曲ができればいいと思うんだけど、それでは生きていけないということなんだろうか。この問題は、自分がそこそこ売れているかぎりはいつも総すかんをくらうので、言及しにくい問題だが、だからこそそれを超越している人を見るとほっとする。

どんとさんの生き方は、そういう意味でいさぎよかった。彼は才能をちゃんとこわさないで、こわさないように、沖縄に持っていったのだから。

そして、それをきちんと保存して、またはこの体にしみこませて継承していくのが、やっぱり聴くほうの仕事だろうと思う。

ある時、突然頭の中にどんとさんの「毬絵」という曲が流れ出して止まらなくなったことがある。どうしてかわからなかった。大好きな曲だが、聴いたわけでもないのに、その曲が止まらない。おかしいなと思ったら、私は突然結婚した。なんだかわからないが、きっと、あれはどんとさんの才能が私の人生に送った「みのがすな」というメッセージだったのだと思う。私がばかで気づきそうになかったので、私の上の方にいる神々しい人（？）が私の知っている音楽にたくして送ってきたのだろう。

奥様である小嶋さちほさんの書いた本『竜宮歳時記　どんとの愛した沖縄』（マーブルトロン刊）を読んだら、才能をリスペクトし合うある夫婦の姿が浮かんできて、そしてそこに出ているどんとさんやさちほさんやお子さんたちの姿があまりにも美しくて、いい顔をしていて、泣けてきた。

どんとさんがあまりにも若く亡くなったことが、惜しまれてならなかった。

おじいさんになった彼の創る曲も聴いてみたかったなあ。

夫婦なんだしふたりとも音楽をやっているし、どんな夫婦にも、どんな芸術家にも闇があるように、なにかしら問題はきっとあったのだろう。この本を読んでも、スピリチュアルすぎるという点で、うさんくさく思うことはあるのかもしれない。でも、作品として目に映るもの、耳に入ってくるものこそが表現された真実だ。このふたりが充実した人生を求めて東京を去ったことは、彼らの作品にとってすばらしいことだったと思う。

そしてスピリチュアルなフラダンスを盆踊りのように踊る私

それとは別に、私は昔からなぜかサンディーさんの声にひかれていた。たいていのCDは持っているし、かなり聴きこんでいると思う。すごく若い頃からだから、もう彼女の声は私の人生と体にしみついている。あの声こそが癒しだと思う。

しかし、めぐりめぐってなぜか私は今、サンディーさんにフラダンスを習っているのだった。先生としてのサンディーさんはきびしいので、いつでも「あの時もあの時も聴いていたあの曲を歌っているあの人とこの人は同じ」っていうことはすっかり忘れている。それどころではないのだ。あまりにも才能がないので、よく盆踊りを踊ってはサンディーさんをぷっと笑わせている……。

でも、やっぱり人生の不思議を感じる。

あの声と共にあった私の青春は、ここにたどりつくという理由があったのかと。

さらに、どんとさんが亡くなったのはハワイの神様ペレの住んでいる火口の近くで、古典フラを見た後のことだという。それにもぞっとした。私は今、まさに古典フラを踊っていて、その踊りの力の底知れなさに身をもっておののいているからだ。

私にとってどんとさんとサンディーさんは頭の中で同じ部屋にいる。それは「癒してくれる音楽の部屋」だ。

例えば同じく人生を共にしてきた原マスミさんの世界は、私にとって「自分が住んでいる本来の部屋」だ。自分に戻りたいときに行くところ。

しかしサンディーさんとどんとさんは、私にとって、弱っていて、泣きたいような時や、なんだか胸が苦しいような時に癒してくれる力を持っているのだ。そんなこんなで、私の人生にいつもあった「癒しの部屋」にいたふたりがこの身を通して、つながったということが、何よりも神秘的であり、私の驚きなのである。

人生ってそうやって、何者かに導かれて、縁のあるほうへどんどんつながっていくものなんだろうな……と正直に思う。そして、答えはあとにならないとわからないようにできているのだ。だからこそ面白いのだ。あれこれ考えずに、ただ興味と勘のおもむくままに、生きたほうがいいのだと思う。

よくそれができない人にぐちられるが、そんな時間を早く家に帰って犬でもさわりたいな〜と思ってしまう私。

体をはって生きないと！　……でも竹井さんにはかないません。

みなさんも観ましたか？　リトル・モアの社長竹井さんをとりあげた勇気ある

『情熱大陸』。やっぱり人生情熱ですよね〜。

そしてみんなリトル・モアのことがこわくなって、本を買わなくなってしまわないことだけを祈っています。人はやっぱり外見で判断しないとね（?）。

そしてスピリチュアルな私の間違い

この間、幼なじみのなっつ君にするどく指摘された。

「まほちゃん（私の本名）が出ていたあの番組、熱湯コマーシャルの司会は、ガダルカナル・タカだったと思う。ダンカンではなくて。『リトルモア』にダンカンって書いてあったけど。」

どっちでもいいじゃん！

と言いたいところだが、そうはいかないような気が。本当に申し訳ありませんでした……。

ある春の日、大井競馬場で

競馬場に行ってビールを三杯くらい飲む頃には、ただでさえ初めて見る馬たちなので、区別がつかなくなって予想がぐちゃぐちゃになってくる。

でもどうしてか野球場で固定されて飲むビールよりも、歩き回りながら飲むあのビールのほうがおいしい。

そしてあのわけのわからないおいしいつまみがたまらない。

大判焼（巨大なさつまあげを焼いたもの）と餃子ドック（肉まんの皮になぜか餃子の具が入っていて奇妙においしいもの）をむさぼり食う私に、友達の健ちゃんはさわやかに言った。

「僕、ちょっと牛もつ買ってきま〜す！」

見ると、店先にはぐつぐつ煮込まれている、なんだかわからないけどたぶんスジと思われる、牛の臓物が入った大鍋があった。

このご時世に、冗談だよな、トイレでも行くんだろうと思ってゴールのあたりで待っていたら、すごく楽しそうに牛モツのたっぷりささった串を持って健ちゃんが帰ってきた。

「このご時世にすごいね……」

と私が言うと、

「あ、すっかり忘れてた、だっておいしそうだったんだもん！」

と彼は言って、もぐもぐと牛モツを食べ始めた。

網膜剝離がこわくてパソコンも使わず原稿を書き、厄年を気にして毎年伊勢にお参りにいく彼、健康のためによく歩くことをこころがけ、整体にもこまめに通っている彼……。

なのにいつどこで仕入れられたかもっともわからない牛の臓物を、大井競馬場の店のおばさんが煮ている奴を食べている。

人間ってなんだろう？　そして健康って？

私は、近所の焼き肉屋さんでカルビを心もち減らしたり、内臓を頼まないようにしている自分が、とってもちっぽけに思えた。

台風の午後、つわり、そしてすごいカメラ

ある午後、私は夫とつばめグリルであの有名なハンブルグステーキを食べていた。ホイルで包んであって、デミグラスソースでみっちり煮込んだ、ものすごくこってりしたおいしいあの食べ物を……。

どうしてつわりなのにそんなものが食えるのか、私にはもう自分でもさっぱりわからない。何が食べられ、何が飲めて何がだめなのか、もう自分では予測不可能なのがとっても面白い。

そしてよく聞く「すっぱいものが食べたい」とか言うのは、すっぱいものが食べたいわけではなくて、すっぱいものの味しかはっきりとわからないので、なんとなくすっぱいものを食べると満足するという仕組みなのだということもわかった。

今までいろいろな話を聞いた。こてっちゃんしか食べられない人、マックのフライドポテトのみがオッケーの人、ツナとごはんのみの人……などなど。女体は神秘的だ。だいたいどれをとってもいかにも体に悪そうな品である場合が多い。それだけでも充分、美化はできない問題っていう感じがする。

そして人の「私はこうです」というのがいかにあてにならないかというのがようううくわかった。そんなこだわりは、おなかの中を、ほんの豆ほどの、ちっぽけな生き物にちょっと貸して、ホルモンがちょっと乱れたくらいで簡単にすっとんでしまうものなのだ。龍先生が麻薬の力を力説しているわけもよくわかる。

人間が「私はこうです」なんて言っているのは、たまたまその状況でそう言える余裕があるという前提があって思っていることに過ぎないのだと思う。

例えば（たとえでいきなり話が矮小に……）、私の餃子好きは有名で、私はどんなに具合が悪くても、たとえ吐いた後でも、餃子は喜んで六人前くらい食べることができた。何があっても私と餃子の間の絆は絶対だと思っていた。でも、今は、餃子のことを考えただけでおえ～だ。

それってどういうことなんだろう？

また、私は小学校の時からみっちりと酒を飲んでいて、今までいかなる病に倒れても酒を三日以上抜いたことはなかった。私の実家では飯とビールは、フレンチやイタリアンのワインと同じくらいに、自然に組み合わさっていて、何も飲まずに食べると胃の調子が悪くなるほどだった。

しかし、今となってはビールの一杯でおえ～だ。

これまでの人生、何回夢想したことだろう。酒を飲まなかったら、どれだけ金も浮き、時間もできて、健康状態もよくなるだろう……と。でもそんなこと一回も、実行する気にもならなかった。できるわけがないと思っていた。

でも条件が変われば容易に可能になるのである。ダイエットができな～い、とか言っているお嬢さんたちの仕組みもよくわかった。できない状態でできないと言っていたら、ますますできなくなるし、目標も遠くなる。妊娠しなくてもいいから、頭を丸ごと切り換えることができれば、別の次元に移行すればきっと簡単なことなのだ。

こだわりってきっと、全てがわりとくだらないことなんだろうなあと思う。

話は戻って、私たちは後ろの老夫婦がものすごいけんかを始めてけんかしたまま出ていってしまったので、ちょっと気持ちがしんとしていた。

なので、なんとなく黙ってデザートのグレープフルーツゼリーをふたりでつついて、茶を飲んでいた。

すると、老夫婦と反対側の後ろに座っていたご婦人たちが、なにげなくパソコンの話をしだしたのだった。その内容もかなりすごかったが、話はカメラに及んだ。

「次はやっぱりあれかしら、あの、カメラ」

「ああ、あれね、デジ……カメ?」

「そうそう、今はみんなあれよね」

「デジカメってなんの略かしら」

「ええと、あれよ、あれ、電磁カメラ」

「そうか、そうよね」（二人共にうなずき納得の様子）

私は、思わずちいさくぷっと吹き出してしまった。その略、なんだかなまってないだか？　でんじカメラだべさ……デジカメって。

だいたいどういう仕組みで写真が撮れると想定すればいいんだろう。すごいカメラだ。街角は楽しいことでいっぱいだ。

梅雨のさなか、私は群馬のバームクーヘン長者

友達のお父さんが焼いていて、今はその友達の弟である息子さんが後をついでいる群馬のケーキ屋さんがある。

前にそこを訪れて、バームクーヘンが大好きな私はすっかりそこの味を気に入

ってしまった。普通バームクーヘンはぱさぱさしていて、いつでも引き出物にくっついてくる、なかなかなくならないお菓子という感じだろう。あとは和光のみたいに奇妙に高級で酒臭い感じか。

でもそこのバームクーヘンはしっとりしていて、外側のチョコまでとてもおいしい。冷やしてもきゅっと固まって決してぱさぱさしないのだ。

そこのうちのお母さんに頼まれて、ちょっとした宣伝文を書いたりしたので、いつでもそこのお母さんがちょうどいい頃合いにバームクーヘンを送ってくれるようになった。たくさん送ってくれるので、自分が食べる他にも人にあげたりして、すごく喜ばれている。

ある午後、段ボール一杯のバームクーヘンその他のお菓子が送られてきた。さっそく食べながらも、私は「どうしたものか」と考えていた。

予定していた北海道旅行が中止になり、私は群馬の温泉に行くことにしていた。そして、帰りにそのケーキ屋さんに寄ろうと思っていた矢先のことだったのであった。

「これだけ送ってもらってしまったら、行っても何も買えないし、それだとなんだか悪いから、次回寄ることにしよう」

と私は思って、旅立った。

私は、じみ～な外見をしているので、道で気づかれることはめったにない。それから、視力回復の手術をする前の、めがねをかけた姿をおぼえている人がほとんどなので、ますます気づかれない。

しかし、その群馬の温泉宿の若女将さんは、一発で私を見分けたので、私は本当にびっくりしてしまった。

そしてなんと私が帰る時になって、

「昨日車を飛ばして買いに行ってきました、よしもとさんといえば、あの店のバームクーヘンですよね！　ぜひめしあがってください」と言って、家で山積みになっているバームクーヘンと同じものを、そっと手渡してくれた。

涙が出るほど嬉しかったけれど、でも家にも……。

そして、そんなに私の宣伝文が群馬において有名だっていうのも、本当にびっくりした。

とにかく私は、そのもてなしの心に感動して、受け取った。

そして同封されていた手紙の中には「お店の人たちも『近くにいらしてるんですね』と喜んでいました」などと書いてあった。

来たことがばれている……と思い、私は駅から電話をかけた。そのケーキ屋さんの奥さん、つまり友達のお母さんが出てきて「今すぐいらしてくださいよ！駅まで迎えに行きます！」とはりきってくださっている。

しかし、私はどうせつわりで生のケーキが食べられないし、バームクーヘンはもう、ホールで五個以上持っているのです。

「最近送っていただいたばかりですし、今日も宿の人にいただいたので、今回はお店に寄らずに帰りますね。また寄らせていただきます……」と大人っぽく挨拶し、チケットを買って売店など見ながら駅で新幹線が来るのを待っていた。すると友達のお母さんが車を飛ばして、発車時刻の寸前に突然やってきたのだった。会えたのは一瞬、涙の別れ。そして最後に「これをどうぞ～！！！」とバームクーヘンを二個持たせてくれた……。

こんなことが人生にそうそうあるとは思えない。多分私は今、沼田「樫の木」のバームクーヘンを日本で一番多く持っている女だろうと思う。

そしてこつこつと食べ続けている。おいしい……からいいか。

だったらゆかりは？　の巻

私には、実はもうひとつわけのわからない法則がある。

バームクーヘンは大好物だし出所が同じだから、とぎれないのはなるほどと言えるだろう。

しかし、なぜか知らないけれど、私の家にはいつでも「ゆかり」があるのです。名古屋の名物の、あの、ピンク色で、えびがたっぷり入った、固いせんべいね。もちろん私はゆかりを特に嫌いなわけではない。けっこうよく食べるし、ビールのつまみにもよく合う。でも、私はゆかりとはそれこそなんのゆかりもないのに、なんの執着もないのに、しかも名古屋にほとんど縁がないのに、どうしてとぎれないのか、それが本当に不思議なのだ。他の家もそうなのだろうか？　わりとよくある率が高い、雷おこしのようなもの？　南部せんべいとか？

毎年、同じ所からお中元で一箱来る、これがベースになっているのは確かだ。でも、一年間食べ続けることは決してない。自分も食べ、客にも出し、賞味期限が切れたら犬とか猫とかにもあげる。

そして、やっとはけた……と思うとなぜか「名古屋土産です」とか「ちょっとおすそわけ」とか言って、予想のつかないところからゆかりがやってくるのだ。

この間も、名古屋の人からみそ煮込みうどんが送られてきて、封を開けてみたら「こちらもどうぞ」としっかりゆかりが入っていた。その次の週、車からさっそうと降りてきた秘書の慶子さんの手にあの、えびが描かれた黒い箱が見えたときには思わずため息が出た。

この経験はもう三年続いている。

これを書いたことで、私とゆかりの間の計り知れないカルマが終わることを祈る。

ブックオフはおばかさん？ の巻

あまりにも本がたまりすぎたので、涙を飲んで、整理することにした。よほど資料にする本や大切な本以外、かなり処分した。

本が好きだから本を捨てるのはとても悲しい。でも、御殿にでも住んでないかぎり、本につぶされて死んじゃうといやなので、しかたない。本とCDとジュエリーは、ちゃんと時間がたたないと大切さが見極められない場合が多いから、いくら立ち読みしても、最後まで読まないと、とっておくべきかどうか決められない。

ためしに事務所の男の子に頼んで、ブックオフに持って行ってもらってみた。お金が目当てではないので、安かったのは別にいいとしよう。問題は、「え？こんな貴重な本を引き取ってくれないわけ？」というような選別のしかただったことだ。その選び方には本当に「なげかわしい〜！」と思わせられる何かがあった。もう本当にどうでもいい、どうなってもいいような本ばっかりちゃんと買ってくれるのだ。行ってみてもあんまり面白くない理由がすごくよくわかった。

もしもこの世に「こういう本もあったんだ、絶版になったけど手に入れられるんだ、ここなら」というような古本屋があったら、教えてほしいです。そうしたらそっちを応援して、手間がかかっても持っていくことにする。

愛を感じる読者生活

笠井潔先生の、矢吹駆《かける》シリーズがいつの間にか出ていたので、はりきって買ってきた。分厚い、面白い、幸せ。そしてナディアがほんのちょっとだけおばかさんなところも、とっても好き。読むとパリに行きたくなる。

ところで私は女の作家の人と会うといつも話題になることがある。「ゲラを見るのってつらいよね～」ってことだ。とてもほっとしたこととしては、校正の人が書いている疑問に答えるのは、書き終えたばかりでその作品に疲れ果て、一刻も早く逃亡したい自分たちにとって、ものすごくつらい、という感想が共通していたことだ。私なんてよく「この表現、幼すぎでは？」とか「さっきと言っていることが違います」なんて内面に食い込むようなことまで書いてある。それで説明したりして、うんざりすることが多い。

しかし、この分厚い、ギリシャを舞台にしたすてきな、壮大で面白く読み応えがあり、犯人はすぐにわかったのにトリックがさっぱりわからないわくわくする小説には、あまりにも、誤字が多かった。

これは、分厚さと力の入り方を見たら、作者を責めるのは酷だろう。

ああ、あんな面倒くさくてつらい作業には、ちゃんと、意味があるんだ、あまりにも誤字が多いと、なめらかに読めないんだ！　と私は初めて本当に納得した。校正の人たちごめんなさい。

それから、和訳も、あまりにも愛があふれすぎていると、読みにくいことが多いんだなあ、と最近まとめてブコウスキーを読んで思った。中川さんと柴田先生は、あくまで距離を持って淡々と訳しているのでとても読みやすいが、あとの人は思い入れと愛情が走りすぎて、かえって読みにくくなってしまっている。ブコウスキーの場合は淡々と訳してこそ、作者のしょうもなさと筋金入りのだめさと、そこに漂う真の強さや才能が浮かび上がってくるのだと思う。

にしても彼はいつでも飲んでは吐いていつでも二日酔いで競馬場に行くか女を犯していて、胎教に悪いったらありゃしない。笠井先生のほうは人ががんがん死んで血だらけになったり首をもがれたり大騒ぎだ。これも胎教に悪い。

中国には四千年の歴史が……
秋めいてきた夜、あれこれと思うちょっとオカルトよりな妊婦の私

サイトの日記と内容がかなりかぶっているので、読んでしまった人はごめんなさい。妊婦の日々はネタが少ないってことで、許してケロ。でも、この雑誌用にくわしく、じっくりと書き直しておりますわよ〜。

よくTVとかで気で人を投げ飛ばしている気功の人がいるけれど、あれは、不可能ではないんだろうなあ、となんとなく思っていた。似たことができる人はたくさん知っているからだ。そして病気を治すとか、気を通して体の機能を活性化

させるっていうのも、知っている人で大勢ができたり体験したりしているので、なんということはない、よくあることとして受けとめていた。きっと奥が深くて、すごいものなのだろうと思っている。

ではどうして私はそういうところに通ったり、瞑想や内気功の訓練にはげんだりしていないのか、それは「早起きしなくちゃ」というのがかなり大きな理由ではあるが、何よりも気功の人たちが、たいてい、グループだからであった。それは中国ではきっととても自然なこと。あたりまえのこと。そして、グループで学ぶからこそ高まるようなことで、たぶんフラダンスと同じくらい、グループであることが大切な学問なのだと思う。

でも、日本のおじさんおばさんが（しかも必ず一回は大病をしているんだよね）集っているという場所に行くというのに、ものすごく私は抵抗があるのだった。

そして、今まで会った中国の気関係の人、みな、どことなくだが、エロいのだ。

多分、パワーがあがると精力も増強され、おのずとギラギラてかてか光ってしまうのだろうけれど、多分その上の世界があるだろう？　そうだろう？　なあ、頼むよ！　と私は思っていた。

力を得ることの条件が性欲も炸裂というのでは、なんとなく、人間というものが空しい気がするんだけれど。でも、『週刊モーニング』にずっと連載されているあの、中国の歴史の漫画を見ても、やっぱり英雄は色を好んでいるからなあ。そういうものかもなあ。

まあすごい人に今のところ出会えない私の格が低いというのがいちばんの理由だけれど、私はこれまでの人生、なるべくレイプされないように生きてきたつもりなのだが、非合意で穴に指を突っ込まれたのは、気功のおじさんだけである。体の調子がどれほどよくなろうと、私は合意でない人に、穴を許したくないのだった。

そんなことを思いながらこの間、力のありそうな気功師の書いた本を読んだ。

そうしたら、面白いところがあった。こわいくらいに、神経質なのである。お葬式にはなるべく行かない、病人の足元には決して回らない、犬や猫も足元には寝させない、病人と握手はしない、墓地にあまり行かない、悪そうな気のところは歩かない、むやみに仏壇に手を合わせて願い事などしない（感謝の祈りは別だそうだ）、などなどまず「悪い気を入れない」ことに細心の注意を払っているのだ。

これは、私の尊敬するカスタネダに通じるところがあるから、本当なのかもしれない、と私は感じた。

よく写経をしている人がいるが、ちょっとでもそういう、目に見えないものを感じる人なら写経は期限を区切るか、何か絶対的に強い、守るすべを手に入れてからやるだろうと思う。どんなに心がけがよくても、どんなに信仰があつい人でも、霊から見たら、そんなことは関係ない。「あ、写経やってる、救われるかも〜」と、そこいらじゅうの霊がわんさかつめかけてくるのがわかるのだ。

そのさまはちょうど、バーゲン初日に並んでいたおばさんがいっきょに店に入るような、というか、パチンコ屋がオープンしたときにどっと店に入っていく人々のような、というか、とにかくまあそういうような質の欲に満ちたそのへんの霊たちが、写経をしている人のところにどっとつめかけるのである。

霊というとなんとなく透明感があるが、そもそもそのへんのおじさんおばさんなんかが死んでなったものなので、全然ロマンチックじゃない。

多分、そういうことを払いのけられるまで書きなさい、という修行なんだろうな、と思って口出しをしないでいるが、たまにうちの秘書の気の優しいおじょうさんが旅先で写経をしていると、ホテルの部屋が真っ黒になるくらい大勢の見えない人たちの気配が彼女の肩のあたりに押し寄せてきて「うわ〜、えらいなあ」と思う私。止めはしないけど、大変な道のりだなあと思う。

それで、カスタネダに話を戻すと、カスタネダの師、ドン・ファンは場所とか行動とか口に入れるものにむちゃくちゃ神経質なのである。

ものすごいパワーを持った人、というのはなんとなく豪快なイメージがあるけれど、そんなことはなく、どんどん繊細になっていくものらしい。瞬間の判断を、細心の注意を払って、決しておこたりなくし続けて生きているのだ。

武道のすごい人も、どんどん小心になり、謙虚になり、いつでも自分より上の人がいることを意識し続けるようになるというから、万事がそういうものなのだろうと思う。

この世のことがわかればわかるほど、鈍くはいられないのだろう。

私は欲にまみれた凡人でそういうのを目指していないのでこうして書いて論じているだけだが、とにかく気の道というのも同じくらいけわしいものだなあ、ということを感じた。

「悪い気を入れない」というのが、そうとうな優先事項であるというふうに、その本には書いてあった。

それが、どういうことだか、私にはちょっとだけ、わかる気がするのだ。

昔、友達のハルタさんとオカルトショップに行ったことがある。

ハルタさんが興味を持って、行こうと言ったのだった。その頃私は好奇心優先型で（まあ今もだが）、おかしな自信（そして、過信さえしなければたいていこの自信はとても大切）があったので、そういうのを全然いやがらなかった。

今はさすがに「自殺の名所」と「霊媒が出てこない霊の番組」は見ないようにしている。

で、そのオカルトショップ、たいした人がやってないのがまたまずかった。

本当に心から悪魔を崇拝していて、人を殺せるくらいの人がやっているとしよう。そこにはなんらかの愛がありそれに救われている人がいるということなので、専門的知識がしっかりとあり、好き嫌いで言えば嫌いだが、接するときは死ぬかなんでもないか、くらいの極端な結果になる。

でもそこは実に中途半端で、店いっぱいにミイラだとかカラスだとかくさいものが並べられていて、地下にあり、真っ暗だった。そしてほこりっぽく、儀式の写真なんかがずらりと並んでいた。

本能的で勘のいいハルタさんはすぐさま「ここのものを買って持って帰るのがなんとなくいやなので、何も買いません」と言った。

私も「そうだよね〜」と思いつつ「このくらいの中途半端な場所の悪い感じなら、シャットアウトできるな」と思った。

しかし、ひとつだけどうしてもシャットアウトできなかったものがあった。

それは、悪魔崇拝の儀式の祈りの音楽と言葉だった。

そんなCDかけるな、と言いたいが、オカルトショップなのでしかたなし。

私は言葉にはものすごく敏感で、それが私の才能でもあるが、弱点でもあるということなのだろう。

聞かないように耳を変えたけれど、もう遅かった。耳から入ってきてしまったのだった。

それから数時間後、私は一瞬高熱を出し、悪いものをちょっとだけしか受けなかったのでプロポリスとフレッシュな果物かなんかですぐに回復した。

全身で拒んだハルタさんはもちろん大丈夫だった。

しかし、もう一人の友達は次の日から高熱を出してちょっと寝込んでしまったのだった。

中途半端な場所だから、そのくらいしか害はなかったのだが、それが「悪い気のある場所に行く」ということだと思う。

それと同じで、先日これまた気の本を読んでいたら（今、資料にするので集めているのです）、表面的には何も悪いことが書いていないのに、なんだかどんどん具合が悪くなってきた。文章は驚くほど平たんで柔らかく、いいことばかり書いてあるのに、だんだん頭痛がして胸がむかむかしてきた。本から何かすごく強くて邪悪なものが立ち上ってきて、家を汚染していくような感じだった。

すごい人気のある人の本だったので、それを読んで信じている人がたくさんいるということにぞっとしつつもすぐに捨ててしまった。

それで、頭は痛いし、気持ちが悪いし、困ったなあ、本当に私は本とか字には弱いなあ、と思いつつ、浪越指圧の本を出してきて、頭痛の指圧点などを調べ、ついでに夫の背中の痛いところに指圧などしていた。

浪越先生のあの笑顔と「指圧の心母心押せば命の泉わく」というあの言葉を見ていたら、そしてリウマチだったお母さんを指圧で治して、それがきっかけで指圧の道を開いたなどという伝記を思い出していたら、なんと邪気が抜けて、治ってしまったのだった。

恐るべし、日本の伝統。

というか、いい波動っていうのは、時を越えて、しかもただでどんどん人を救っていくんだなあ、と思った。そういう場合、いつでもその人は金儲けでもなく、信者を増やしたいのでもなく、無償でも人を楽しく幸せにしたいという願いを持っている人たちなんだなあ、と感じいった。

よくあやしい本に波動のことが書いてあるけど、その本自体がどういう波動かというと悪かったりすることが多い。

人間というものはきっと、ちゃんと体を使って、健やかに、人生を楽しみながらいろいろ学んで、なんだかんだ言ってまわりの人につくしていくためだけにできているんじゃないかなあ、ときわめてまっとうなことを考えた私だった。

　っていうか「変な本読むな！　胎教に悪いぞ〜」と自分突っ込み。穴にではなく！

誰も信じてくれない……もう臨月の私を

子供ができたとわかった時、まず実家の親に電話するのが人情というものだろう。

まず姉が出てきた。姉は七歳年上で私にとってはもうひとりの母という感覚がある。私は「子供ができたみたい」と言った。

すると姉は「ええ？　誰と？　いつやった時の？」といきなり言った。

さすが、晩御飯を食べに行ってもいい？　と電話した時に「う～ん、今日はすごい二日酔いだから、ゲロに似たものを作ろうと思うんだ！」と言っていただけのことはある、下品な姉らしい発言だった。

「ハワイで普通にできたんだよ」と私は言った。

次に母が出てきた。

「あんた、それどう考えても、ヒロちゃんの子じゃないじゃない……」

お母さん、ふたりも子供を産んだのに、いきなり計算を間違えています。

妊娠は、発覚した時点でもう二ヶ月と数えるのです。

そう、私の夫はその当時ずっとロスにいて、私はずっと一人暮らしをしていたのだった。そして、ハワイでおちあい、休暇中に子供ができたというわけです。

いいじゃん、あたりまえじゃん、まっとうじゃん。

そこまでが過去の話でした。しかし、その疑いがすっかり晴れることはなかった。

当然のことのように母はいつまでも「だって、その時ヒロちゃんはいなかったじゃないの〜」と言い続けている。かなり時間がたっても、風呂などでふたりきりになると「本当はどうなの？」と問いかけてくる。

だいたいまず、他に言うことはなかったのか？　よかっただとか、おめでたいだとか、嬉しいだとか。

そしてその後、次第に子供が育ってきた時の彼女たちの流行は「きっとハワイ人の子だ……」というものだった。

なんだかわからないけれど、超音波によると私のおなかの子供は頭が細長く、がたいがよく、チンチンがものすごく大きいのだ。産婦人科の先生にも「全てが外人の子のように大きいなあ」と言われた。

私は、自分はそんなに大きな子供を腹の中でがっしりと作るタイプとは思わなかった。母はほとんどおなかも大きくならず、姉も私も小さく産んだというタイプだったのだ。

それを聞いてふたりとも「やっぱり違う人の子なのよ……外国旅行ではよくあることみたいよ」と半分マジで言っている。

もう放っておこうと思って、この間「今日はヒロちゃんの誕生日だよ」と全然別の話題を持ちかけてみたら、

「おめでとうって言うから電話代わって。あ、でも、あんたの彼氏っていうのは、

だんだん打ちとけてきて、じゃあ誕生日だから特別に何かを買ってあげよう、という頃になって何か用意すると別れることになってるから、これまで必ずそうだったから、でも、今回は子供がいるしそうなると困るから、用心のために何も用意しないで何かごちそうするだけにするわ。」

などと長々語っている。何が「用心のため」だ、ぐすん。

まあ、身持ちの悪かったこの人生の報いと思って、謙虚に受け止めることにする。

去年はすごかった……と思う今日この頃。
よく私、何の宗教にも入っていないなと。

そう、私のもとに、謎の本『クローン人間にＹｅｓ！』ラエル著、がどこからともなく送られてきたのは去年のことだった。

飲み物の味が変わる神秘のマドラー二本組「きんさんぎんさん」が送られてきた時と同じくらいに「ああ、自分もここまで来たか、こう思われているのか」と思ったものだった。科学ときてれつのバランスが、似ている気がする両者。

そうしたらなんと最近になって、そのクローン人間にYESという人たちっちら、YESと思っているばかりではなく、本当にクローン人間を創って話題を呼んでいるではないか。本気だったのか、と思いながら、ニュースを観るにつけ、あの本を軽く読んでおいてよかったなあ、とまで思った。あの人たちのトーンがよくわかるからだ。

それにしても、去年はそういう意味で特別ものすごい年だった。

神の声が聞こえる人だとか、本物の宗教者を見つけた人だとか、本当に信頼できる神社を見つけただとか、会う人会う人、そんな人ばっかりだった。いや、それを否定するわけではない、その人に合った信仰は必要だと思うし、もしそんなにいいものにめぐりあったと思うなら、自分だけでそう思って信仰を持ち静かに過ごせばいいのに、と思うんだけど、どうしても人を誘いたくなるものらしい。

しかも私なんか仕事でからめば宣伝にもなるから、すごく誘いたいという場合が多いらしい。

だから、もう、普通の人を見つけるほうが困難だった。普通の人に会って、普通の話をして、何にも誘われず頼まれずに別れることができるとほっとしてしまうほどだった。誰に会っても「いつあの類のことを言い出すか」と思ってかまえてしまうほどだ。そしてついに話がそっちに行きだすと「ああ、やっぱり……」と脱力してがっかりしてしまう。

私のまわりにはもちろん超能力の人だとか、ヒーラーだとか、風水の専門家とか、アカシックレコードを読む人とか、前世療法の人とか、わけのわからない仕事の人がたくさんいる。でも、みんな決して人に何かをすすめたりしない。自分が本当にいいと思ったことは「よかったよ、こういうわけで」とは言うけど、それ以上は絶対ない。

そして、誘うほうの人はみんな、熱にうかされたように「すごい偶然で数字が一致した」とか「この場所に行ったら、本当にこれがあった」とか言い出すのが特徴だった。語呂合わせみたいなのとか、同じシンボルが繰り返し出てくるだとか、そういうことを。

私が、この世でいちばんどうでもいいと思っているのは、そういう類のことだ。なんだかそういう一致を大切にしている人を見ていると、なんでだか心がせま〜くなったような気がしてきて、うら寂しくなってくるのだ。

でも、この気持ちを理屈で説明することはできない。

そんなある日、私がニューエイジ界で信頼している数少ない知人が訳した本をもらった。

『前世を覚えている子どもたち』という本だった。読んでみたら、訳も内容もすばらしかったけれど、やはりとてもうら寂しい気持ちになった。前世というのは、もしもあるにしても、忘れているというのが正しい状態なんだなあ、としみじみさせられたのだ。年端もいかない子供たちが、隣村のおじさんに「どうしてあなたは私が死んだからって私以外の人と結婚したの！」と言ったり、ずっと年上のおばさんに「おまえは私の娘だ」という感慨を抱いたり、自分の家族に「カーストが違うから君たちの作ったものは食べられない」などと言って違和感を持って暮らしていくのは、どういう事情にしてもとても悲しいことだ。

でも、その本の中に溜飲が下がる一幕があった。

著者は、前世を記憶する子供たちを追いかけ続けている研究者を、さらにジャーナリストとして興味を持って追いかけていくのだが、最終的にある結論に達する。

著者は、青春時代に「奔放に生きるか、安定か」という選択肢に実生活上でも恋愛上でも迷ってしまい、旅に出る。双方の考えを突き詰めて旅を続けているうちに、それぞれを象徴する曲まで決まってくる。

日夜悩み続け「明日はメキシコに行って、自由に旅を続けるか、帰って生活を始めるか」というところまで来て、著者は真夜中の駐車場にぽつんといる自分の車のわきに、たった一台、ありえないタイミングですうっと停まったある車から、突然彼にとって旅の間ずっと「奔放」を象徴してきたブルース・スプリングスティーンの曲がふいに流れ出すのを聴いて愕然とする。

そんな偶然は普通起こるわけがないからだ。

私はそこまで読んで「あーあ、また偶然とか語呂とかそういう話か……」と思った。しかし、著者は「これは額面どおりにとるようなものではないな……」となんとなく思って、メキシコに行くのをやめるのだ。その時の彼の、もやっとした気持ち、信じきれない気持ちが、まさに私と同じ感じだったのだった。

そして彼は「前世はもしかしてあるのかもしれないし、子供たちは本当に生まれ変わりかもしれないが、額面どおりにそれをとるのは、その青春時代の出来事と同じ感じのもやっとした印象が残るから、やっぱり額面どおりには取れないや」という結論に達する。

私はそこを読んで、一年間そういう「こんなすごいことがあったから本当だってば」光線にさらされてきた自分のぐったりした疲れが取れていくような気さえした。

その感想をその本の訳者に告げると「実は私もあの本の中であそこが一番好きだった」と言っていた。きっと彼女も去年一年、乱れた世相の中でそういう目にあったのだろうな、と思う。

ＬＳＤのやりすぎだとか軽い統合失調症になった知人が数人いたら、その人たちがみんな偶然の一致だとか、発音が同じ言葉は同じ意味を持つだとか、ＴＶで自分が思ったことをそのまま言っただとかばっかり言っているのを誰だって聞かされたことがあるだろう。

そのタイプの話には、そういうのと同じ「そんなことはどうでもいいから目を覚まして」という匂いがする気がする。

それが、私が素直に納得できる感じがする「ハワイには本当にペレがいる」とか「沖縄には本物のユタがたまにいる」とか「この場所に行くとなぜか具合が悪くなり寒くなる」とか「怒った人の作った料理を食べるといらいらする」とかいうのとどう違うのか、うまく説明することはできない。できないからこそ、いつまでも私は変なことに誘われ続けるのだろう。自業自得とも言える。

もう匂いでしか見分けられない、でも、この鼻を大事にしたい時代だと思う。

この間も、すごいサイキックでなんでも見えてしまうという外国のおばさんに会ったが、話を聞いてみると「小さい犬はハイパーになりやすい」とか「子供は三歳まではずっといっしょにいてあげて、七歳からは教育を受けるべきだ」とか「妊婦のうちは猫のトイレに近づくな」とか「一日の予定をみんなやりとげないと気がすまない性格をゆるめて、リストの上からふたつくらいでよしとしたら?」だとか「人にいろいろ手伝ってもらうと意にそわないこともあるだろうが、人生それが大切だ」とか「ビタミンBが足りないようだ」とか、どう考えても一般論じゃん! ということばっかり言われた。

でも、彼女の目を見るとものすごい輝きで、彼女の本を読むと、まるで悟りを開いた賢者のようないい文章だ。

「こりゃあ、本当に、何か見えているんだろうなあ……」と心から思った。

本当にいろいろ見えてしまうと細かいことはどうでもよくて本質的なことしか見なくなり、結果、一般論のような地に足がついた普通の結論になる、それが一番深い、そういう気がした。

多分、奇抜なことを言っている人は、みんな変なのだろう。そのくらい思ったほうがいいのかも。


そうしたらこの間……すごい広告を!

ニューエイジの通販雑誌みたいなのを見ていたら「金を呼ぶペンダント」というのがあった。「お金はさびしがりやだから、お金のあるところに行きたがります。特別な金箔の入ったこのペンダントにはお金からしか見えない輝きがあり、お金にしかわからないお金の匂いがプンプンしているので、お金を引き寄せるのです」というふうに書いてあった。ああ……。これは……非科学的？　擬人化？　ファンタジー？　せちがらい？　どれ？

まだまだよくわからないことが多いのだった……。

ただひとつ言えることは、これを買ってしている人をもし見かけたら、私は「ぷっ」と小さく笑ってしまうでしょう。

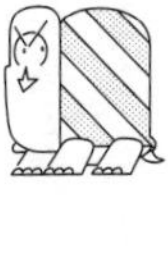

頭が働きませんが……出産直前の別れの言葉

なんと、『リトルモア』なくなってしまうのですね〜。

出版社の名前と同じ雑誌をなくすなんて、なんて竹井さん太っ腹！

この連載ほど、のびのびと書かせてもらったことがあるでしょうか？

特に子供時代の姉との交流については、各方面から大きな反響を呼び、もちろん姉にも殺されそうになりました。単行本で楽しく読んでもらいたいものです。

編集のみなさんもお疲れ様でした！

それにしても妊婦の私は頭が悪い。この期間が過ぎてもこの頭の働きだったらもしかして、仕事はもうできないんじゃ、と思うほどだ。

だから産婦人科はそういう人たちの集まり……ということに基本的になるので、

なんとなく人々の心もようがむき出しで面白い。席の取り合いだとか、トイレの取り合いだとかね。ベビーカーでの押し合いとか、エレベーターの場所の奪い合いとか。わりとケダモノ。それから、そっくり夫婦を見ているだけで、いつも時間がつぶせる。エコロジカルだったり、おしゃれだったり、エスニックだったりして、統一感があり、発言までなんとなく見た目と共通項がある。夫婦ってほんとうに面白い。

あと、妊婦になるといきなりすっぴんでショートカットになって服もかまわなくなる人がいるが、その気持ち、痛いほどよくわかる。おしゃれとはものすごいエネルギーを必要とする行為なのだと気づいた。もうできればずうっと横になっていたいくらいなのだから。

そして、産後いきなりあつかましくおばさんになってしまうあの気持ちも、よくわかる。妊婦の期間って、なんだかケダモノとして汚いのだ……自分が。しょっちゅうゲロとか下痢とかしているし、腹が出すぎてウンコもろくにふけないし、股からはなんだかわからないけどいつでも汁が出ているし、下着もすごい不恰好なのしかないし、乳には青筋がたっているし、変な姿勢で寝るからよだれがたれるし、胃が圧迫されてまとめて食べられないから、いつでもこまめに意地汚く何か食べているし、しゃがむのもすわるのも股をばばんと開いているし。

これを経験してしまうと、もう何もかもどうでもよくなるっていうか。

あと一週間で女に戻れるのかどうか、すごく心配だ……。

しかし、私の姉の話に戻るが、いつ頃からあんなふうだったのか、本当にわからない。いとこによると、子供の頃に撮った八ミリを今家族で見返してみたら、いとこたち全員で仲良くフラフープで遊んでいる平和な画面と思いきや、姉が突然自分のフラフープを手にとって、いとこの首をぐいぐい絞めはじめて、いとこは泣き出すが姉はやめない、というまるで恐怖映画のような映像が残されている……という。

　フラフープということは、時代背景を考えても、かなり昔から、そういうふうだったのだということがわかる。

　それになんだか知らないけど、中学か高校のとき姉とその友達が、部屋を真っ暗にしてポーカーをやって、負けた人にろうそくのろうをたらしたり、鞭でたたいたりする変わった遊びをしていたのを、子供心にも覚えている。

　そしてこの間『アルゼンチンババア』という小説の取材で、姉の幼なじみの石材店のおじさんに会ったのだが、普通、その人に会う場合に姉が間に入ってくれたら「ああ、妹さんなんですね、よく似てるね」とか「お姉さん元気？」とか聞かないですか？　でも、姉が「そういえば石材店の奴を知ってるよ、泣き顔しか覚えてない、いつもいじめてたから。でも電話しといてやる」と言っていたとおり、そのおじさんは私に向かって一回も姉の話をしなかったし、私のほうから「姉がよろしくと言ってました」と言ってみても、遠くを見て、「ああ……」と言っていただけだったので、すごいトラウマが残っているんだろうなあ、と思った。

そして、姉の、すごく遠くの電線にとまっている鳩をうっかり撃ち殺してしまうくらいの、パチンコの腕前……。動物好きなのでかなり悔いていたが、問題はそこにはないだろう！　どうして鳩を撃ち殺せるんだ、都会の真ん中で！

わが姉ながら、謎が多いが、そんな姉の実像にせまることができて、この連載、本当によかったと思う。たまっていたうっぷんをはらすこともできた。でも、本になっても絶対に姉には内緒にしようと思う。

この間も真顔で「一生のお願い、赤ん坊が産まれたら、どうしても新生児のうちに、プールに落として泳ぐかどうか、興味があるので試させてほしい」と言ってきたが、それをどうやってかわそうかを今、真剣に悩んでいます。

産後は極端に仕事を減らすと思うので、またどこでお会いできるかわかりませんが、とにかく読んでいただき、ありがとうございました！

あとがき

このエッセイはただとにかく好きなようにのびのびとやらせていただき、とても感謝しています。

これを連載している長い期間にいろいろなことがありました。

なんと言っても途中から男が変わっています、そうです、前のボーイフレンドと別れてしまって、別の人と結婚しているのです。よく読んでみると途中でかすかに雲行きがあやしくなっていて、必死な様子もうかがえます。今読んでみてもこの頃のことは、胸がつまって具合が悪くなります。いい思い出になる日をずっとじっと待ちます。

嫌いになって別れたわけではなく、お金や互いの将来や向き不向きなどに関わっていたぶん、その別れはとてもつらく苦しいものでした。これまで何が起ころうと決して筆がにぶることがなかった私ですが、この期間は小説を全く書けなかったくらいでした。

しかし！　私という人間は、その期間もこのエッセイはなにげなく楽しく続けています。当然人生は楽しいことばかりではないのですが、常に楽しいことをピックアップするのは可能なのです。しんどいときも舞台に立つお笑いの人のつらさがほんのちょっとだけわかりましたし、そのすばらしさも少しだけわかりました。

亀はついに賃貸の我が家を破壊しだし、お互いに不幸になって窮屈に暮らすよりは、広いところで暮らしたほうがいい、と里子に出しました。このエッセイの中では一回里帰りしていますが、里子に出す前の日は亀の甲羅にすがって泣きました。今では、自分に男の子が産まれないように祈るばかりです。息子が里帰りする度に泣きそうだし、嫁につらくあたったりしかねません！　「男の子ってやっぱりなにか違うんだよ」とは母になった友達全員の弁です。おそろしや。

いつか、庭のある家に越すことができたら、温室を作り、また大亀を引き取ろうと思っています。今は子亀を二匹飼って気をまぎらわせています。

そして、おすぎとピーコを次々見かけてしまうという悲劇は私についにふってきました。見かけただけでお話ししなくていい機会だったので、本当によかったです。

それから……さらに、『チュパカブラ・プロジェクト』って、DVDで買ったら、なんと「現代」どころか1999年の映画でした。内容よりそのことがショック!!

最後に、神への願いのことですが、どうも神はやっぱり大ざっぱに願いを聞いているようです。この間読んでいた本の中に「彼氏が欲しい〜!」とか「やせたい!」とか祈っても、神は「そうか、この人彼氏がほしいのか」「この人はやせたいんだな」とか素直に聞くだけだと書いてありました。それ以上でも以下でもないそうです。つまり「彼氏がいる自分」という情報をかなりしっかりイメージして伝えないとだめだとまで。そんなこと根気よくできるようなら、もう、彼氏などとっくにいる気がするけど、有効ならなんでもためしたいものですね。

さらに、田口ランディさんのエッセイを読んでいたら「初恋の人が田口さんだったので、神様に『いつか結婚して田口という名字になりたい！』とすごくお祈りしたら、すごく時間がたってからその初恋の田口さんと関係ない田口さんと結婚してしまい、実現してしまった」というようなことが書いてありました。おそるべし、神、その正確さっつーか、なんつーか。

というわけで私は「家から百メートルくらいのところにスーパー信濃屋ができた毎日」をイメージしていますが、いちばんこわいのは、めぐりめぐって自分が信濃屋のあるところに越してしまう結果になることです。「今の家から」ってところをしっかりイメージせんと。面倒くさいよう。

ついこの間も「駅前にスターバックスできないかなあ！」と漠然と思っていた

ら、緑色の看板が搬入されだしたので「おお！」と思ったらステーキの「ふらんす亭」ができてしまったし。緑色をイメージしただけでは、だめだった……。神との交信、道のり遠し。

このエッセイは『リトルモア』誌上で長く細々と続いていました。この本に関わった全ての人に感謝します。

そして書いた人がのびのびしているぶん、読んでくださった方もただのびのびと読んでくれたらなあ、と思います。

次の巻が出るのを祈りつつ。

よしもとばなな

文庫版あとがき２００９

『GINZA』という上品な雑誌で連載をしていたうっぷんがたまっていた私は、当時リトルモアの社長だった竹井さんに「うちでは好きなこと書いてええで」と言われ、ほんとうに好きなことを好きなように書きました。そうしたらこんなにお下品になってしまい、自分でもびっくり！

さらに「こんなマイナーなエッセイ、あまり売れないだろう」なんて思っていたら、確かにそんなに売れはしなかったのですが、まずいことに「この本を最も読んでほしくない人の家にこの本がある率ナンバーワン」の本になりました。その人たちは私のエッセイの中から、謎の嗅覚でこの本だけをわざわざ選んで買うのです。なにか不思議な力が働いたとしか思えないくらいです。例えばロレックスの社長さんとか、森博嗣先生とか、義理のおとうさんとか。何回も冷や汗をかきました。

単行本のときには中西大輔さんがぐいぐいと真実に斬り込んだおまけのロングインタビューがついていたのでまだ作家としての体裁が保てたのですが、今回は「エッセイのみで」と日本一エッチな編集者から日本一プロフェッショナルな編集者へと華麗な転身を果たした石原さまがおっしゃったので、素直にむきだしのまま、文庫にします。やけくそです。読んでくださってありがとうございます。

竹井さんはその後、新たに「FOIL」という会社を立ち上げ、アート界に果敢に挑んでいます。彼の一匹狼的生き方はいくつになってもすばらしい、尊敬しています。

そしておそれていたことに、私にはなんと男の子が生まれてしまいました。今からもう、大学生の息子が下宿先から里帰りしていそいそと好物を作るんだけれど「俺、今晩は彼女と食ってくるから、それに帰んないかも」と言われてがっくりする自分が見えるようです。亀でシミュレーションしておいて、ほんとうによかった（？）。

そして神はやっぱりいるようで、私自身が信濃屋の近くに引っ越してしまいました。あるなんて全然知らず、ある日散歩していて気づいたときにはちょっとびっくりしちゃった（笑）。相変わらず神には「今の家から」はうまく通じなかったようだ。

この頃の暮らしには、愛犬ラブ子がまだいたり、前のボーイフレンドと浮かれ暮らしている様子があったりして、若く切なくてなんだか微笑ましいです。今ではすっかり男の子のオカンになってしまった中年の私。この十年でちょっぴり臆病になっている私。

読み返して「いかんな、このくらいのことはばんばん書ける根性でいかんと」

と思いました。勇気をありがとう、十年前の私。でもそんな勇気はいらないのではないかと。また冷や汗をかくことになるのでは。こりたほうがいいのでは。

よしもとばなな

この作品は二〇〇三年十二月リトル・モアより刊行されたものです。

幻冬舎文庫

●好評既刊
人生の旅をゆく
よしもとばなな

人を愛すること、他の生命に寄り添うこと、毎日を人生の旅として生きること。作家の独自の経験を鮮やかに紡ぎ出す各篇。胸を熱くし、心を丈夫にする著者のエッセイ集最高傑作、ついに文庫化。

●好評既刊
ひとかげ
よしもとばなな

ミステリアスな気功師のとかげと、児童専門の心のケアをするクリニックで働く私。幸福にすごすべき時代に惨劇に遭い、叫びをあげ続けるふたりの魂が希望をつかむまでを描く感動作！

●好評既刊
哀しい予感
吉本ばなな

幸せな家庭で育った弥生に、欠けているのは幼い頃の記憶。導かれるようにやってきたおば、ゆきのの家で、泣きたい程なつかしく胸にせまる過去の想い出が蘇る。十九歳の、初夏に始まる物語。

●好評既刊
アルゼンチンババア
よしもとばなな

変わり者で有名なアルゼンチンババア。母を亡くしたみつこは、父親がアルゼンチンババアと恋愛中との噂を耳にする。愛の住処でみつこが見たものは？　完璧な幸福の光景を描いた物語。

●好評既刊
ひな菊の人生
吉本ばなな

ひな菊の大切な人は、いつも彼女を置いて去っていく。彼女がつぶやくとてつもなく哀しく、温かな人生の物語。奈良美智とのコラボレーションで生まれた夢よりもせつない名作、ついに文庫化。

幻冬舎文庫

●最新刊
風の盆幻想
内田康夫

老舗旅館の若旦那が謎の死を遂げた。浅見光彦と軽井沢のセンセは、独自に真相を探る。八尾、飛驒高山、神岡を辿るうちに見えてきた恋人たちの過去。浅見光彦の推理が冴える傑作長編ミステリ。

●最新刊
Lady, GO
桂 望実

南玲奈は、恋も仕事も絶不調の派遣社員。そんな彼女がキャバクラ嬢に！ 地味で暗くて自分嫌いの女の子が場違いな職場で奮闘する姿を描いた、衝突あり友情あり感動ありの傑作成長小説。

●最新刊
テレビの中で光るもの＋《プラス》
銀色夏生

「すごい人、おもしろい人、変な人、嫌な人、素敵な人が渦を巻く、妖精や妖怪も飛び交うテレビの森は奥深く、その流れは速い」テレビの中で光っている人たちについての、鋭く深い洞察エッセイ。

●最新刊
中田英寿 誇り
小松成美

二〇〇六年、ドイツW杯終了後に突然引退した中田英寿。どんな日本人も直面しなかった壮絶な体験と、自分への妥協を許せなかった孤高のプレイヤーの本心を克明に綴った人物ノンフィクション。

●最新刊
酔いどれ小籐次留書 杜若艶姿《とじゃくあですがた》
佐伯泰英

駿太郎の健やかな成長もあり、束の間の平穏を味わっていた小籐次は、意図せず連続誘拐事件の賊の居所を突き止める。御用に同道するが、騒動はそれだけに留まらなかった。怒濤の第十二弾！

幻冬舎文庫

●最新刊
若くない日々
藤堂志津子

ひとは本当に老いたとき、自分だけが大事で、自分だけが可愛く、自分だけがよければ、あとはどうでもいいと思うようになるのかもしれない——。年を重ねた女たちの静かに揺れる心模様。

●最新刊
こんな世界に誰がした
爆笑問題の日本原論4
爆笑問題

ふと、気がついたら世界はドタバタ喜劇の真っ只中だった2002〜03年という時代。何が起きても笑い続けてきた「日本原論」、はたしていつまで笑えるのか!? 悲壮な世界を鋭い笑いで暴く!

●最新刊
すーちゃん
益田ミリ

30代独り者すーちゃんは、職場のカフェでマネージャーに淡い恋心を抱く。そして目下、最大の関心事は自分探し。今の自分を変えたいと思っているのだが……。じわーんと元気が出る四コマ漫画。

●最新刊
『資本論』も読む
宮沢章夫

「『資本論』を読んでから死にたい!」。高校時代以来の野望を胸に、歴史的大著にまたも挑戦したが——。「わからない。わからない」と『資本論』と格闘する日々を綴る異色の七転八倒エッセイ。

●最新刊
欲望解剖
茂木健一郎
田中 洋

なぜ人は嫉妬するのか。なぜ人は宝くじを買ってしまうのか。「不確実性」をキーワードに気鋭の脳科学者が、「デマンド=需要」をキーワードに新進のマーケターが、人間の根源に迫る画期的試み。

幻冬舎文庫

●好評既刊
童貞放浪記
小谷野　敦

T大出だが童貞の大学講師、金井淳・三十歳は、好きになった後輩、北島萌・二十七歳と同衾にまでこぎつけ、陰部をまさぐったが、そこがそんなに複雑な構造だとは知らず、あぜんとした——。

●好評既刊
奥さまはニューヨーカー
岡田光世
島本真記子

転勤で突然ニューヨークに引っ越した一家のドタバタ日常をコミカルに描いた爆笑失笑快笑マンガ。日本語訳が付いた英語のセリフには、思わず口にしたくなるNY直輸入の口語表現が満載。

●好評既刊
奥さまはニューヨーカー
Nine Ninety-Nine
岡田光世　島本真記子

今日も明るく英語にチャレンジする山田夫婦。でも家族そろってネクラの根倉田ファミリーは被害妄想の塊で……。ロングセラーの英語学習マンガ。全セリフ日本語訳付き。シリーズ第四弾。

●好評既刊
ツレがうつになりまして。
細川貂々

ツレがある日、「死にたい」とつぶやいた。激務とストレスでうつ病になってしまったのだ。病気と闘う夫を愛とユーモアで支える日々を描き、大ベストセラーとなった感動の純愛コミックエッセイ。

●好評既刊
その後のツレがうつになりまして。
細川貂々

うつ病になったツレは三年間の闘病生活を妻とともに乗り越え、元気になった。ふたりはどうやって病気を受け入れたのか。うつ病後の日々を描く大ベストセラーの純愛コミックエッセイ第二弾。

日々《ひび》の考《かんが》え

よしもとばなな

平成21年8月10日　初版発行

発行人――石原正康
編集人――菊地朱雅子
発行所――株式会社幻冬舎
〒151-0051東京都渋谷区千駄ヶ谷4-9-7
電話　03(5411)6222(営業)
03(5411)6211(編集)
振替00120-8-767643
印刷・製本――中央精版印刷株式会社
装丁者――高橋雅之

幻冬舎文庫

ISBN978-4-344-41354-2　C0195　よ-2-17